国际大奖小说·成长版
意大利皮皮儿童文学奖

永不结束的夏天

I GIARDINI DEGLI ALTRI

[意]玛尔塔·巴罗内 / 著

张皓舒 / 译

天津出版传媒集团
新蕾出版社

图书在版编目 (CIP) 数据

永不结束的夏天 / (意) 玛尔塔·巴罗内著；张皓舒译. -- 天津：新蕾出版社，2024.1
(国际大奖小说：成长版)
ISBN 978-7-5307-7668-1

Ⅰ.①永… Ⅱ.①玛… ②张… Ⅲ.①儿童小说-长篇小说-意大利-现代 Ⅳ.①I546.84

中国国家版本馆 CIP 数据核字(2023)第 215545 号

I giardini degli altri
©2012 RCS Libri S.p.A. Milano
©2020 Mondadori Libri S.p.A., Milano under the imprint of Rizzoli
Text by Marta Barone
Simplified Chinese translation copyright © 2024 by New Buds Publishing House (Tianjin) Limited Company in arrangement through Niu Niu Culture
ALL RIGHTS RESERVED
津图登字：02-2022-208

书　　名	永不结束的夏天　YONG BU JIESHU DE XIATIAN
出版发行	天津出版传媒集团 新蕾出版社 http://www.newbuds.com.cn
地　　址	天津市和平区西康路 35 号(300051)
出 版 人	马玉秀
电　　话	总编办 (022)23332422 发行部 (022)23332679　23332351
传　　真	(022)23332422
经　　销	全国新华书店
印　　刷	天津新华印务有限公司
开　　本	895mm×1370mm　1/32
字　　数	75 千字
印　　张	4.75
版　　次	2024 年 1 月第 1 版　2024 年 1 月第 1 次印刷
定　　价	28.00 元

著作权所有，请勿擅用本书制作各类出版物，违者必究。
如发现印、装质量问题，影响阅读，请与本社发行部联系调换。
地址：天津市和平区西康路 35 号
电话：(022)23332677　邮编：300051

一辈子的书

梅子涵

◆亲近文学◆

　　一个希望优秀的人，是应该亲近文学的。亲近文学的方式当然就是阅读。阅读那些经典和杰作，在故事和语言间得到和世俗不一样的气息，优雅的心情和感觉在这同时也就滋生出来；还有很多的智慧和见解，是你在受教育的课堂上和别的书里难以如此生动和有趣地看见的。慢慢地，慢慢地，这阅读就使你有了格调，有了不平庸的眼睛。其实谁不知道，十有八九你是不可能成为一个文学家的，而是当了电脑工程师、建筑设计师……可是亲近文学怎么就是为了要成为文学家，成为一个写小说的人呢？文学是抚摸所有人的灵魂的，如果真有一种叫作"灵魂"的东西的话。文学是这样的一盏灯，只要你亲近过它，那么不管你是在怎样的境遇里，每天从事怎样的职业和怎样地操持，是设计房子还是打制家具，它都会无声无息地照亮你，使你可能为一个城市、一个家庭的房间又添置了经典，添置了可以供世代的人去欣赏和享受的美，而不是才过了几年，人们已经在说，哎哟，好难看哟！

　　谁会不想要这样的一盏灯呢？

◆阅读优秀◆

　　文学是很丰富的,各种各样。但是它又的确分成优秀和平庸。我们哪怕可以活上三百岁,有很充裕的时间,还是有理由只阅读优秀的,而拒绝平庸的。所以一代一代年长的人总是劝说年轻的人:"阅读经典!"这是他们的前人告诉他们的,他们也有了深切的体会,所以再来告诉他们的后代。

　　这是人类的生命关怀。

　　美国诗人惠特曼有一首诗:《有一个孩子向前走去》。诗里说:

　　　　有一个孩子每天向前走去,

　　　　他看见最初的东西,他就变成那东西,

　　　　那东西就变成了他的一部分……

　　如果是早开的紫丁香,那么它会变成这个孩子的一部分;如果是杂乱的野草,那么它也会变成这个孩子的一部分。

　　我们都想看见一个孩子一步步地走进经典里去,走进优秀。

　　优秀和经典的书,不是只有那些很久年代以前的才是,只是安徒生,只是托尔斯泰,只是鲁迅;当代也有不少。只不过是我们不知道,所以没有告诉你;你的父母不知道,所以没有告诉你;你的老师可能也不知道,所以也没有告诉你。我们都已经看见了这种"不知道"所造成的阅读的稀少了。我们很焦急,所以我们总是非常热心地对你们说,它们在哪里,是什么书名,在哪儿可以买到。我就好想为你们开一张大书单,可以供你们去寻找、得到。像英国作家斯蒂文生写的那个李利一样,每天快要天黑的时候,他就拿着提灯和梯子走过来,在每一家的门口,把街灯点亮。我们也想当一个点灯的人,让你们在光亮中可以看见,看见那一本本被奇特地写出来的书,夜晚梦见里面的故事,白天的时候也必然想起和流连。一个孩子一天天地向前走去,长大了,很有知识,很有技能,还善良和有诗意,语言斯文……

同样是长大,那会多么不一样!

◆自己的书◆

优秀的文学书,也有不同。有很多是写给成年人的,也有专门写给孩子和青少年的。专门为孩子和青少年写文学书,不是从古就有的,而是历史不长。可是已经写出来的足以称得上琳琅和灿烂了。它可以算作是这二三百年来我们的文学里最值得炫耀的事情之一,几乎任何一本统计世纪文学成就的大书里都不会忘记写上这一笔,而且写上一个个具体的灿烂书名。

它们是我们自己的书。合乎年纪,合乎趣味,快活地笑或是严肃地思考,都是立在敬重我们生命的角度,不假冒天真,也不故意深刻。

它们是长大的人一生忘记不了的书,长大以后,他们才知道,原来这样的书,这些书里的故事和美妙,在长大之后读的文学书里再难遇见,可是因为他们读过了,所以没有遗憾。他们会这样劝说:"读一读吧,要不会遗憾的。"

我们不要像安徒生写的那棵小枞树,老急着长大,老以为自己已经长大,不理睬照射它的那么温暖的太阳光和充分的新鲜空气,连飞翔过去的小鸟,和早晨与晚间飘过去的红云也一点儿都不感兴趣,老想着我长大了,我长大了。

"请你跟我们一道享受你的生活吧！"太阳光说。

"请你在自由中享受你新鲜的青春吧！"空气说。

"请你尽情地阅读属于你的年龄的文学书吧！"梅子涵说。

现在的这些"国际大奖小说"就是这样的书。

它们真是非常好，读完了，放进你自己的书架，你永远也不会抽离的。

很多年后，你当父亲、母亲了，你会对儿子、女儿说："读一读它们，我的孩子！"

你还会当爷爷、奶奶、外公和外婆，你会对孙辈们说："读一读它们吧，我都珍藏了一辈子了！"

一辈子的书。

目 录

第一章 / 1
每一段旅行，都是一场回归

第二章 / 8
树女孩

第三章 / 16
初访椴树庄园

第四章 / 25
友谊萌芽

第五章 / 32
尘封的笔记本

第六章 / 40
欢乐之匣

第七章 / 52
寻找珍奇馆

第八章 / 59
帕洛玛的秘密

第九章 / 73
不被理解的帕洛玛

第十章 / 84
别人的花园

第十一章 / 94
未完待续的故事

第十二章 / 107
因为我们与众不同

第十三章 / 113
大地之心

第十四章 / 125
重见天日的手稿

I GIARDINI DEGLI ALTRI

献给玛格丽特和玛塔,
　还有她们的妈妈,
　她是所有故事里的英雄。

第一章

每一段旅行，都是一场回归

"每一段旅行，"妈妈说，"都是一场回归。"

奥利维一点儿也不明白这句话的意思。回归什么？回归到哪里？在他看来，回归就是回来，仅此而已。可是当他追着妈妈寻求答案时，妈妈却只是若有所思地摆了摆手。

"不……"就像是突然想到了什么，妈妈继续说了下去，"应该说，每一个故事，都是一场回归。"

随后，妈妈瞪着奥利维，质问他为什么八点了还不出门上学。奥利维连忙跑去刷牙，话题也就此终止。

但奥利维还会不时地想起这个问题。就比如现在，他们正驾车前往妈妈预定的出租屋，整个暑假他们都会在那里度过。"一

个安静的地方",这是妈妈的评价,她高亢的嗓音冲击着奥利维的耳膜。望着窗外飞掠而过的风景,望着山丘平缓起伏的曲线,还有金绿色田野上空飘浮游移的云朵,奥利维不禁想到,他们可从没有去过那个地方,这场回归又该从何谈起呢?不过奥利维并没有把这个疑问大声说出来。他很少吐露自己的心声。

出租屋坐落在一片稀疏的树林边缘,距离村庄并不太远。但它所处的位置又足够偏僻,能够满足妈妈对"安静"的需求。一辆汽车突然从林间钻出,妈妈似乎有些意外,她猛踩了一脚刹车。

"天哪!"妈妈重新坐直身体,问道,"你还好吧?"

"别担心,今天我也幸免于难。"奥利维回答,他拍拍妈妈的手臂,以示安慰。妈妈瞪了他一眼,把车停到了出租屋的阳台前。

出租屋的外墙被漆成了绿色,屋瓦和护窗板则是明亮的棕色,它就像一株破土而出的植物,和周围的景色完美地融合在了一起。屋前的空地边缘,薰衣草、野蔷薇和迷迭香竞相绽放,稍远一点儿的地方,矗立着几棵大树。

"那些是什么树?"奥利维指了指那个方向,问道。

"椴树。"妈妈回答,"不过不是野生的,应该是人工种植的。

好了,你先帮我把行李搬下来,小懒虫!"

他们花了两个小时给房间通风、打扫卫生,放置行李。借此机会,奥利维在屋内探索了一番。室内并没有外面看起来那么大:一层有一间很大的客厅,一个阳光充足、地上铺着红砖的厨房和一处空闲的地方。妈妈认为那里曾是摆放橱柜的地方。二层则是两间卧室、一个小书房和两个卫生间。奥利维在两间卧室里挑选了一间,他的床正好位于窗户下方,屋外的树枝几乎要贴上窗户了,他只要一伸手,就能触碰到那些树叶。

"这是什么树?"奥利维忍不住又问。

"花楸树。"妈妈站在门边,笑着回答。

他们把餐桌搬到阳台上,在那里享用晚餐。妈妈准备了番茄和奶酪,还有他们从村里食品店买来的面包。他们一边吃着,一边轻嗅着晚风中的芳香。一只金龟子落在餐桌上,四处踱了几步后,嗡嗡地飞进了暮色之中。

"你喜欢这儿吗?"妈妈把沙拉递给奥利维。她的语气里不乏担忧。

"喜欢。"奥利维干脆地回答。可是妈妈却一直盯着他,眉头

紧皱。她或许正被负罪感折磨，却不知奥利维是真心感到快乐。他们之所以会到这里过暑假，是因为妈妈亟需一处清静的地方进行创作。这份稿件非常重要，交稿日期就定在九月，而妈妈的进度已经落后了许多。为了能够准时完工，她绝不能再受到任何干扰。的确，妈妈这么做有些自私，可是奥利维并不讨厌这种坦率的自私。更何况，他挺喜欢这个地方，就像妈妈说的那样，这里给他一种回归的感觉，尽管连他自己也说不清楚这是为什么。

沉默持续了好几分钟，就在妈妈一边轻抿葡萄酒，一边欣赏着屋外的风景时，奥利维吃完了晚餐。

"要出去走走吗？"妈妈突然开口，"桌子等我们回来再收拾。"

他们沿着小路漫步，蜿蜒的小径穿过田野，通向不远处的村庄。路旁的小麦稠密旺盛，已经长得很高。此时，落日的余晖还未散尽，琥珀色的暮光轻软柔和，流露出几许惆怅。妈妈脱掉鞋子，两根手指钩住鞋带，向后一甩，将鞋子挂在了肩头。她纤长有力的双脚轻轻地踩在泥土地上。

"好久都没这么放松了。"妈妈柔声说道。

奥利维的妈妈出生在法国诺曼底,那里与湛蓝的北海相邻。虽然她很小的时候就跟随父母离开了家乡,但在她的灵魂深处,仍然保留着那种桀骜不驯的气质,那股风过荒野、吹折花木的力量,以及对土地深沉的情感。这种特质就潜藏在她身体某处,藏在一个连奥利维也无法触及的角落。她的内心一直渴望着那片天地。

奥利维有时会忍不住想,会不会正是这种桀骜不驯的特质导致爸爸离开了他们。但他觉得,这应该不是唯一的理由。

他们来到一处小丘前,奥利维爬上了一块岩石。

"总有一天,"奥利维说道,他张开双臂,拥抱眼前的风景,"亲爱的,总有一天,这一切都将属于你!"

妈妈站在一旁,不解地望着他。

"我还以为今天的你会更机灵点,奥利维。"

奥利维果断无视了妈妈对他幽默的挖苦。

"明天你就要开始工作了?"

"当然,"妈妈叹了口气,面露苦色,"不跟着进度走可就完不成了。老天爷,我真是恨透了交稿日期!"

妈妈是一位童书作家，有时她也会写一些跟儿童文学相关的文章——文章的数量和她每年参加的研讨会数量挂钩。从小，奥利维就经常在书堆里看到那些印着他母亲名字的书本，对此他早已见惯不怪。甚至应该说，那些在书脊上反复出现的大写印刷体，正是他最早学会辨识的文字。雷欧波尔迪涅·内梅。雷欧波尔迪涅·内梅。雷欧波尔迪涅·内梅。他就像有两个妈妈：一个是属于他的妈妈，那个穿着拖鞋，用铅笔盘发，在家埋头创作的妈妈；还有一个妈妈，总是出现在采访和介绍中，那个妈妈长着他熟悉的脸，却又那么不真实，让他感到陌生。那个人是雷欧波尔迪涅·内梅，不是他的妈妈。

奥利维是在爸爸妈妈的争吵声中长大的。早餐时的争吵，激烈到穿透墙壁的争吵，压抑在被褥下的争吵，还有像秋天的枯叶在他脚下窸窣作响的争吵……各种各样的争吵，影子般跟随着他。这样的经历，让奥利维明白了沉默的可贵。沉默成了他的本能。爸爸离开的时候，奥利维选择了沉默，现在许多年过去了，当时的记忆已经变得模糊。每当爸爸应付般地打来电话，用冷漠、厌烦的口吻告诉他们，他要推迟回家探望的时间时，奥利维也依旧保持沉默。爸爸的态度是如此敷衍,仿佛就连道歉这件事本身都令他感到厌倦。

　　每一个故事,都是一场回归。他的爸爸一定没有听说过这句话。怀着一丝对妈妈的愧疚,奥利维不无酸楚地想:否则的话,他会常回来看看的。

第二章

树 女 孩

  第二天，奥利维起了个大早。窗外，微风吹拂着花楸树叶，摇晃的枝叶在房间地板上投下斑驳的阴影。他推开窗户，突然感到一阵奇异的悸动：周围充斥着躁动不安的气息，就像一触即破的气球，仿佛随时都会爆炸，连带着他一道飞溅四散，变成五彩斑斓的碎片。奥利维自己也说不清这种感觉从何而来。之后的好一会儿，他都跪坐在床上，望着窗外的风景：他不想破坏这种令人战栗的感觉，就像是在等待平安夜的到来，但却更加令人兴奋，让人浮想联翩。

  随后，奥利维下了楼。和往常一样，妈妈已经起床，并且穿戴整齐。她的起床时间从不会超过早上六点，奥利维真不明白她是怎么做到的。妈妈戏称，她已经提前三十年步入了老年生活。

"早安。"妈妈说，"瞧瞧你的头发！"

奥利维试着用手整理头发，却把它弄得更乱了。

"大清早的，别找碴儿。几点了？"

"八点半。你今天起得可真早！一会儿吃了饭，要不要出去走走？"

奥利维眨了眨眼，这个问题显然别有用意。看样子妈妈是准备开始工作了，不想他待在家里碍事。

"不，我要和你在一块儿，因为我特别特别喜欢你。"

"少来这套。"妈妈回击道，从冰箱里拿出了牛奶。

半小时后，奥利维出了门。妈妈把工作地点转移到了客厅，二楼的书房实在太小，让她备感压抑。妈妈把一碟饼干和一杯水放到了电脑旁，她戴上眼镜，目光顿时变得迷离起来。奥利维明白，从这时候起，他的妈妈便脱离了这个世界——不过这是一个渐进的过程，当妈妈的眉头紧皱时，那便意味着她和外界彻底断开了联系。这样倒也不坏：至少在午餐前，他都不会被干涉，想做什么就做什么。

室外，露水已经消失，草叶和花朵上却依旧残留着晨露的气息，迎着清晨柔和的阳光，它们急切地舒展着身体。椴树散发出浓郁的芳香，奥利维本以为会在这里听见蝉鸣，没想到四周静悄悄的，偶有穿过树林的风声和一两声鸟啼。

奥利维在一棵椴树下停住脚步，他有些迟疑，不知道该往哪里去。

一阵窸窣的声响从头顶传来，奥利维猛地抬起头。距离他不远的地方，一截结实的树枝上，坐着一个小女孩。站在树下，奥利维看不清她的模样，只见她穿着一双旧球鞋，双腿上布满瘀青和伤疤。

"你在这儿做什么？"女孩语气欢快地问道。

"你呢，你又在做什么？"奥利维反问，这样的高度差让他很不自在。女孩笑了，她的笑声非常古怪，就像杓鹬的啼叫。

女孩从树上跳下来，奥利维不由得后退了一步。"树女孩"的脸上挂着笑容，她有一头柔顺的深色短发，垂下的发梢轻扫着耳垂，同样柔软的刘海儿不服帖地乱翘着，露出大半个额头。她的身上长了不少雀斑：在她的鼻子上，脸颊上，手臂上，甚至露在T

恤外的纤细锁骨上，都能看到雀斑的踪影。她那双杏仁状的绿宝石色的眼睛让人联想到猫，迎着阳光，会呈现出深浅不一的色彩。此刻就算她的瞳孔缩成一条细缝，奥利维也不会感到惊讶。

"你住在那栋绿房子里？""树女孩"问，她的瞳孔保持着原样，并没有什么变化。

"对，我和妈妈昨天晚上刚到。"奥利维挤出一丝笑容。通常，他都不会这么快地卸下防备——他可是相当腼腆的——是"树女孩"阳光般的朝气感染了他。

"我叫尼娜。"女孩歪了歪头。她的雀斑映着阳光，就像夜晚海岸边闪烁的灯火。

"我叫奥利维。"

"你是外国人？"

"我妈妈是法国人。"

"噢！"

这似乎引起了尼娜的兴趣。

"那你会讲法语喽？"

"嗯，当然。"

永不结束的夏天
I GIARDINI DEGLI ALTRI

"太酷了！"尼娜感叹道。在现实生活中，奥利维可从没有听人说过这个词语。尼娜指了指树林的方向。

"我住在那边。我们家和你家不一样，就是座很普通的白色房子，不过我们有一片菜地和一个花园。我们一直住在这儿，可不只暑假。"

奥利维点点头，努力表现得镇定从容。

提问仍在继续。

"你多大了？"

"十一岁。"

"我也是！"尼娜叫道，露出一个大大的笑脸，"唔，也不完全是啦。我要到十一月才满十一岁，不过也没差多少。你九月是不是也要念初一[①]了？"

"对。"奥利维回答，他的胃不受控制地收缩起来。初中生活会是什么样呢？他之前一直幸运地没有遇到那些欺软怕硬、争强好胜的同学，但这并不意味着之后不会碰到。不过他现在并不想考虑这个问题。现在可是暑假，他面前还站着一个叫尼娜的女孩

①意大利小学的学制一般为五年。

呢。

"我也一样。我得坐公交车去上学,因为学校离我家很远。我必须很早很早起床,可我不介意,谁叫我喜欢坐公交车呢。"

寒暄就此结束。尼娜领着奥利维来到果园,随后又带他参观了不远处的水渠。水渠半掩在低矮的枝叶间,岸边,绿头鸭和黑水鸡正打着瞌睡。一只雌鸟从水面游过,身后跟着它的幼崽。雏鸟是如此呆萌可爱,奥利维真想带一只回家,就像他小时候曾做过的那样。

"我养过两只小鸭子。"尼娜轻声说,"不过等它们长大后,我就不忍心把它们关在笼子里了,于是我把它们放生了。还好我这么做了,因为塔蒂已经开始学走路了,她会跟着它们满屋子乱跑的!"

奥利维没有去问塔蒂是谁,显然,她应该是尼娜的某个妹妹。而尼娜也没有再提起她的家庭,她的话题一直围绕着各种动物和植物。尼娜告诉他,有一种叫"月下美人"的花,就像它们的名字一样,这种花从不在白天开放。它们会将花苞偷偷地藏起,等到夜幕降临,沐浴着月光,它们才会绽放,吐露花蕊,倾尽芳

华。这听起来就像某种魔法,却是真实存在的事,并且每个晚上都会发生。

就算是在阳光下,感觉也依旧凉爽,空气中弥漫着一股淡淡的清香。他们朝着树林西边走去,来到一座废弃的小屋前。小屋坐落在金黄的油菜花海中,屋顶已经损毁,墙壁也残缺了一大片,石板地面上更是杂草丛生。

奥利维觉得妈妈一定会喜欢这里,她或许能找到贴切的词语来描绘眼前的美景。但对于奥利维来说,这些词语却像一团纠缠的乱麻,他无法将它们表述出来,于是他选择了沉默。尼娜同样没有说话,只是和他并肩坐在小屋前。

返程时,尼娜询问奥利维,回家吃饭前是否愿意陪她再去一个地方。他们两人似乎都已经默认,之后还会再见。

"我要去喂查巴纳先生的猫,这一个半月他都不在家。他去旅行了,就在你来这儿的三天前。他跑来找我,给了我一大笔钱,对我说:'尼娜,我能把这事托付给你,对不对?你能帮我照顾玛戈王后吗?每天喂它两次,再给它换换水和猫砂。'我当然答应了下来,我可是个很靠得住的人。"

奥利维瞪大了眼睛。

"玛戈王后,就是那只猫?"

"没错,那是它的名字。等你见到它,就不会这么惊讶了。"

第三章
初访椴树庄园

通往查巴纳先生家的路两旁长满了柏树。小巧的圆形篱笆穿插其间,就像孩童随意摆放的玩具。尼娜走得飞快,奥利维费了好大的劲才跟上她。

"我想,我和你一块儿进去,可能不是个好主意。"奥利维担忧地说道。

"噢,你胆子可真小!这算哪门子问题?查巴纳先生根本不会在乎。呃,我的意思是,通常他都不怎么关心周围的事。"

尼娜总是习惯性地对她的话做出解释。

查巴纳先生的庄园面积很大,外观却很朴素。蜜色的砖石像是吸饱了正午的阳光,朝阳的墙面已经完全被常青藤覆盖。最惹人注目的当数那片花园,看起来好像无人打理,却显得那般生气勃勃:高大的蔷薇树枝杈交错,鸟儿在其间嬉戏追逐,薰衣草、迷迭香、粉团杜鹃和橙树等各种植物蓬勃生长。杂乱的花坛中更是挤满了各色花朵,有牡丹花、鸢尾花、百合花、秋海棠,甚至各种药草——旋花、蒲公英,还有蓝得惊人的菊苣。这片袖珍的森林,几乎把通向大门的小径整个儿吞没了。

"每个星期园丁都会来一次,"尼娜说,"不过我觉得他根本没有认真工作。"

花坛两侧矗立着两棵椴树,在这片乱糟糟的花园里,它们是唯一整齐的存在,看起来就像庄园的卫兵。尼娜告诉奥利维,这里之所以叫椴树庄园,可不是毫无缘由的。

站在房子的大门前,尼娜在裤兜里摸索了好半天,终于掏出来一把精巧的钥匙,这正是查巴纳先生交给她的钥匙。有那么一瞬间,尼娜似乎不像之前那样充满勇气了。当她面色凝重,甚至有些畏惧地打开大门后,奥利维便立刻明白,这栋房子对她有着怎样的吸引力。

不,或许并不只是"吸引"那么简单,因为他在尼娜脸上看到

了深深的敬畏。

"就是这儿。"尼娜低声说。她转过头,一双大眼睛望向奥利维。

尼娜刚打开灯,一只猫就飞快地朝他们跑来。它的确是一位王后:高傲的眼神,金白相间的皮毛,身躯柔软,体态修长。猫完全无视奥利维的存在,它的注意力全都集中在尼娜身上,那可是它的饲主——会给它小脆饼和炖鸡肝吃的人。

"你好啊,玛戈王后。"尼娜热情地说,她弯下腰,摸了摸猫咪的小脑袋。猫咪呼噜呼噜叫着,蹭着尼娜的手和腿。"你可真漂亮,真漂亮呀……"

与此同时,奥利维开始打量起了四周。门厅很暗,铺着厚厚的地毯,一旁的时钟不知已经停摆了多久,木饰墙面暗淡无光。和门厅不同,室内非常明亮,宽大的窗边装饰着白得晃眼的薄纱窗帘。这里看起来并不像一位独居老人的住所,反倒像是一座博物馆——一座封存着前尘往事的博物馆。四周的墙壁平整如新,家具陈设却很老旧,沙发套上绣着复古的图案,画框虽被擦拭得铮亮,却已经显露斑驳。

整个房间弥漫着一股奇特的、温和忧郁的气息,让人联想到久无人居的老宅。这幕景象不禁勾起了奥利维的回忆。

几年前,他和妈妈,还有妈妈的几位朋友去荷兰旅行,在那里,他参观了一座风车磨坊。那座磨坊完全是按照当年的模样重建的,他甚至看到了铺满稻草的儿童床、插在瓶里的鲜花,还有几个世纪前的衣服——它们就挂在衣架上,好像随时都会被人取下。没错,这就像一栋重建后的房子,它像一段记忆,而不是一个真实的空间,一个有人居住生活、逗弄猫咪的空间。

奥利维没有靠近通往二层的楼梯,他跟着尼娜走进了厨房。玛戈王后正蹲在它漂亮的瓷碗前,仪态端庄地享用午餐。尼娜站在一旁,满足地瞧着它。

"今天我准备让它出去放放风,等晚上来喂它的时候,再把它关起来。"

"它经常到外面玩吗?"奥利维问。

尼娜惊愕地看着他,就像在看一个傻瓜。

"当然了。外面那么大,难不成把它关在家里?"

奥利维没有接话,他觉得有些受伤。不过尼娜又笑了起来。

"你能去给碗里装点水吗？"

奥利维点点头。和他们的"绿屋"一样，这里的水管也因年久而老化，刚开始的时候，流出的水带着铁锈色。奥利维让水流了一会儿，这才把玛戈王后的水碗装满。当他把碗放到玛戈王后身边时，猫咪终于看了他一眼，奥利维把这高傲的一瞥解读为"感谢"。玛戈王后吃完饭，又舔了些水，随后跳上厨房的窗台，消失在尼娜为它打开的窗边。

"我们走吧，"尼娜说，"已经过了午饭时间，家人会担心的。"

他们穿过客厅，朝着大门走去。谁想刚走到半途，尼娜便一拍脑门儿："我真蠢，把钥匙落在厨房桌上了！你在这儿等我，我马上回来。"

就在这一瞬间，怪事发生了。尼娜的身影刚刚消失，奥利维就听到了一声轻响，一股凉飕飕的风打在了他的后颈上。奥利维猛地转过身，一颗心怦怦直跳。没有，什么也没有。看样子只是窗闩松动，窗户被风吹开了而已。微风掀起雪白的纱帘，又很快平静了下来。奥利维向前靠近了些，他有些迷惑：窗边的斗柜上，放着一顶宽檐草帽，可是他非常肯定，前一秒那里还空无一物。

奥利维屏住了呼吸，就好像那顶帽子会突然动起来似的。但是什么也没有发生。奥利维不禁暗笑自己胆小。不过在尼娜回来后，他还是把那顶帽子指给她看。尼娜同样非常惊讶。

"那儿从来都没放过什么帽子。"尼娜颤声说道。

她看了看敞开的窗户，又看了看奥利维。奥利维耸了耸肩。他们一齐走近斗柜，观察起了那顶帽子。那是顶很旧的帽子，帽身上缠绕的玫瑰色饰带已经褪色磨损。当奥利维轻轻地拿起它时，他们竟然嗅到了一丝自然的气息，一股薰衣草和新翻过的泥土香味，仿佛有人刚在花园里使用过它。

尼娜害怕极了，一双眼睛都蒙上了泪花。

"这到底是怎么回事……"

就在这时，奥利维听到了妈妈的声音。在很远的地方，妈妈正呼唤着他的名字。不，事实上也没有那么远：椴树庄园距离"绿屋"也就几百米的距离，只是中间隔着一片树林而已。妈妈的声音仿佛来自另一个时空，比平时更细更轻，就像是被树林密密的枝叶给层层吸收了似的，微弱得几乎快要消失。

"我们得走了。"奥利维飞快地说道,把帽子放回了原处。尼娜回过神儿来,她点点头,关上了窗户。

"你说得对,已经很晚了。"

他们不再理会那顶草帽,朝大门走去。可当尼娜打开大门,任由明媚的阳光洒入门厅时,又一件怪事发生了。钟响了起来。十二点三十分。他们被这钟声吓了一跳,齐齐转头去看:钟仍在原处,似乎不甘地困在深色的漆面罩子里,一动不动。可是它的指针却重新走动了起来,嘀嗒,嘀嗒……在寂静的门厅里清晰地回响。

尼娜的眉毛高高扬起,都快飞到了发际线上。

"我发誓……"她慢慢地说道,"我赌上一切发誓,从我来这儿的第一天起,这座钟就已经停了。它一直没有走过。一直。"

尼娜急切地望着奥利维。

"你相信我吗?"

"当然,我相信你。"奥利维真诚地回答。他浑身汗毛直竖,却并非出于恐惧:就像是有人按下了他颈后的某处开关,让电流传遍了全身。

"我们得走了。"他重复道,不过这回却有些言不由衷。他们阖上房子大门,交换了一个眼神。

尼娜惊魂未定,她碰了碰奥利维的手肘。

"怎么说呢……"她的声音细若蚊吟,"这栋房子,就好像……就好像……"

她没有继续说下去,似乎有些羞于启齿。

"就好像?"

"就好像苏醒了一样。从我们踏进大门的那一刻起,它就从一场沉沉的梦里醒了过来……你不觉得吗?"

尼娜的眼睛瞪得大大的。

奥利维重重地点了点头。

一阵长久的沉默降临在两人之间。

"走吧。"尼娜重新恢复了活力,她又碰了碰奥利维的手,"今天下午我要陪爸爸去买东西,明天早上再到这儿来。你呢,你要来吗?"

"当然。"奥利维低声回答。他依旧有些心烦意乱。

就像只敏捷的雪貂,尼娜飞快地穿过花园,跑进了庄园外的

永不结束的夏天
I GIARDINI DEGLI ALTRI

树林。只一眨眼的工夫,她就消失在了奥利维的视线里。奥利维朝着家的方向走去,走向正呼唤着他的妈妈。林间早已不见尼娜的踪影,奥利维的心底不禁浮起一丝不安:就好像尼娜已经随风消散,再也不会出现。

第四章
友谊萌芽

尼娜当然没有消失。第二天上午,她出现在奥利维面前,送给他一抹灿烂的笑容和一大袋饼干。

"见到你真高兴!"尼娜说,她脸上的雀斑闪闪发光,"我昨天可一直都在想你。"

奥利维的脸红了起来,为了掩饰自己的尴尬,他拿起一片饼干塞进了嘴里。

"当然,我也仔细回想了椴树庄园的事。我真的很想把它弄明白。"

"噢,对,我也是。"

"你一直都这么健谈吗?"尼娜调侃道,"快来,我们先随便走走,等到时间再一起去喂玛戈王后,看看会发生什么。"

然而,那天什么也没有发生,之后的几天也是如此。除了那座重新开始走动的时钟,庄园里一切如常。为了弄清事情的原委,奥利维和尼娜想尽了一切办法,却并没有什么收获。那顶草帽消失了,对此两人并不感到惊讶。就如同它的突然出现,它的突然消失也是如此自然。它就像一场梦,一个无法被人捕捉的幻影。

之后的好几天,他们完全把这件事忘在了脑后。他们实在太过忙碌——忙着玩耍、探险,在林里田间搜寻狐狸和野兔的踪迹。奥利维无比清晰地感受到了时间的矛盾,它仿佛正以两种速度在流逝:和尼娜在一起的时间紧张充实,转瞬即逝,就像是卷入了一架飞速旋转的风车,眨眼间便被甩在了后头;可同时它们又是如此漫长,好像分裂成了无数个微小的瞬间,每一个瞬间都是那么特别,弥足珍贵而又触动人心,让刹那定格成了永恒。

奥利维从来都不是一个话多的人。他常会因为思虑过多而错过开口的时机。妈妈是唯一能和他自然交流的人,不过通常情况下都是妈妈讲得更多一些。奥利维并不喜欢向他人倾吐自己的想法，可是尼娜却能让他打开话匣子。她想聆听奥利维藏在心底的话，她想了解奥利维对某件事的看法，她想分享奥利维看到狐狸幼崽在灌木丛中小心穿梭时兴奋的心情。她并没有强迫奥利维开口，是她强烈的好奇心感染了奥利维，让他将一切和盘托出。奥利维和尼娜分享着一切，就像是分享香甜的蛋黄果。

整片树林都是他们的领地。他们到处搜寻鹌鹑的小窝，运气好的时候，甚至能找到几颗蛋或是几只雏鸟。为了保护自己的孩子，鹌鹑妈妈会鼓起身体，就像一条长着褐色斑纹的河豚。他们醉心于各种寻宝游戏，一人负责在林中藏宝，另一人根据提示寻找线索。有一回，他们甚至穿着背心和短裤，在激流中一处相对平静的水域游泳。之后他们在阳光下晒干身体，精疲力竭却又感觉畅快淋漓。

尼娜告诉奥利维，她并不是本地人，六岁时才从城市搬到这里。在此之前，她只在书里或是旅途中见过这样的风景。虽然她出生在城市，但在她的身体里一直有一种与生俱来，却又难以言明的本能，她就像森林中树木伸展的枝丫，或是某种昼伏夜出的小动物。森林是她的一部分，她也是森林的一部分，仿佛天生就

永不结束的夏天
I GIARDINI DEGLI ALTRI

是如此。他们第一次见面时,尼娜就坐在一棵大树上,成为朋友之后,奥利维无数次看到她以令人惊叹的速度爬上树干,或是敏捷地在树木之间穿梭。树与树的枝杈交错,形成结实的平台,尼娜就在上面走动。每到傍晚,他们各自回家的时候,尼娜的身影总会消失在高高的树冠间,伴随着她鸟儿般的欢笑声。

妈妈会向奥利维朗诵一些她特别喜欢或是突然回忆起来的诗歌。尼娜让他想起一首不久前妈妈刚给他读过的诗,他非常喜欢那首诗,以至于到现在都还清晰地记得。

三月的天空
阳光、大地和花草
颤动着
令人想起你的面容
你的笑容,你的脚步
有如跃动的溪流
你眼周的皱纹
好似簇拥的云朵

你柔软的身躯

宛若阳光下的泥土

　　他可不会把这首诗念给尼娜听,他会难为情的。但他眼中的尼娜就是如此:她是三月的天空,是阳光下的泥土。

　　妈妈整日埋头创作,心情很好。每天早晨,奥利维出门后她便开始写作,吃完午餐,再一口气工作到晚上七八点。每写完一章,她都会稍作休息,读读书,或是出门走走,要不就是去村里采购。妈妈曾向奥利维这么形容:书中的章节就像蛋糕,每写完一章就要静置几个小时,让它充分发酵。等你厘清了思路,再回来重新加工,找出其中的错字或者冗长重复的地方,让它的"味道"变得更加均衡。

　　"我从来都没有写得这么顺利过,这里的每片叶子都让人思如泉涌。"一天晚上,妈妈这么对奥利维说道。距离他们来到这儿已经过去了快一周的时间,此时他们正和往常一样在阳台上享用晚餐。

　　"太好了,这样我们就能变成有钱人了。"奥利维回应道,他

正嚼着一块面包。

"不要一边吃东西一边讲话。"妈妈立刻对他进行了批评。

随后她的注意力重新回到了奥利维身上。

"对了,你的朋友尼娜最近怎么样?"

妈妈的语气中带着点讨好。

"挺好的。"

"那只猫呢?"

"也挺好的。"

出于一系列考虑,奥利维并没有把椴树庄园的怪事告诉妈妈。首先,她恐怕不会相信这个故事,又或者她会给出所谓的合理的解释,而这些解释一定会让奥利维感到恼火,因为这一系列怪事和所谓的合理可毫不沾边。再者,这是他和尼娜两个人的秘密,他可不想让大人们掺和进来——就算是他妈妈这种非常规的大人也不例外。

奥利维和妈妈聊了聊尼娜,比如她会爬树,以及别的诸如此类的事。至于椴树庄园,他非常含糊地一带而过,只向妈妈描述了那只举止高傲,名叫玛戈王后的猫。

"嗯,嗯……对了,你想不想给爸爸打个电话?"

他们的视线在餐桌上方相遇,妈妈的目光中带着恳求。

"他找我?"奥利维反问,语气平淡而冷漠。

"没有,不过……"妈妈欲言又止。

"那么,我不想。"

有那么一瞬间,奥利维甚至有些讨厌妈妈,因为她破坏了晚餐的气氛。不过很快他就为自己有这样的想法感到愧疚。他很清楚妈妈有多么不容易。

妈妈很生爸爸的气,并非因为那些让他们分开的错误和争吵,而是为他对待奥利维的态度。尽管如此,她还是一直鼓励奥利维,让奥利维给他打电话,就算有时候一连好几个月他都不会回家探望。她从不表现出对他的不满,至少在奥利维面前。虽然奥利维才十一岁,但他知道,对于一个四十岁的人来说,要做到这一点也绝非一件容易的事。他很敬佩他的妈妈。

"要来点西瓜吗?"妈妈换上了一副轻松的口吻,询问道。

第五章

尘封的笔记本

"我做了个梦。"尼娜说。她坐在一片苔藓上,用手拍了拍身边的位置,示意奥利维坐到那里去。

"什么样的梦?"奥利维问道,在她身边坐了下来。尼娜红扑扑的脸庞转了过来。今天早上,她的头发比平时更乱了。

"我在庄园。对,在庄园。"尼娜的双眼望着某处,努力回忆着被她忽略的细节,"我在放座钟的那间屋里,然后我朝楼梯走了过去。我很清楚我要去哪儿,不是随便选了个方向。"

奥利维"嗯"了一声,示意尼娜继续说下去。不过事与愿违,他的这声回应听起来更像怀疑,而不是鼓励。

"楼上……是一片草地。"

"什么？！"

"对，没错。这是个梦，你知道的，梦里的东西都有点儿怪。那不是二楼，而是一片草地。突然，我听到了一个女声，就在我身边的某个地方……特别细，特别轻，很难分辨性别，但我知道那是个女声。那个声音说：出去……出去……"

"她在赶你走？"奥利维沉声问道。

"不！她像是在指引什么，指引我去某个地方……她的语气很急切，很痛苦！"

"然后呢？"

"然后，"尼娜沮丧地说，"我突然醒了，梦境消失了。从那时候起，我就一直想回椴树庄园，想得不得了。奥利维，我们得马上过去一趟！"

"为什么？从上周起那里就没发生什么怪事了。回去又能怎么样呢？"

奥利维没来由地感到烦躁。他想提醒尼娜，他们俩都是这个故事的当事人，她做了一个梦，这并不意味着她比他更特别。此外，尼娜恍惚的神情也让他害怕，就好像她还沉浸在另一个世界

里——一个不属于他们的世界。

"噢,你还不懂吗?那不是普通的梦。我立刻就明白了,是有人在向我传递什么信息。而我现在把它告诉了你。"

尼娜猛地站了起来。

"我一分钟也不想耽搁了。我们去就是了。"

奥利维跟在尼娜身后,心中疑虑重重,却又不免好奇。当他们穿过那片森林般的花园时,奥利维有一种奇怪的感觉,里面的花草昆虫似乎都在暗中打量着他们。

尼娜的手一直在抖,她费了好一番工夫才把钥匙插进了门锁。她很激动,消瘦的肩膀不住地起伏,像是在克制内心的紧张。

他们屏住呼吸,走进了房子。钟仍在原处,指针走动的嘀嗒声在寂静中清晰地回响。他们紧盯着它,像是在等待着什么,但是什么也没有发生。玛戈王后跑了过来,跟着他们走向楼梯。出乎奥利维意料的是,它竟然对他露出了肚皮,像是在向他发出邀请。

"你好啊,小美人。"奥利维高兴地说,他抚摸着玛戈王后柔软的腹部。"肚子怎么有些鼓?"他疑惑地问道,望向一旁的尼娜,"它是不是吃了什么不干净的东西?"

"不知道。"尼娜心不在焉地回答,显然正想着别的事情。

玛戈王后先一步跑到了楼梯前,它转身瞧着两人,像是在催促他们,它那藏红花色的眼睛在阴影中闪着光。奥利维和尼娜不安地对望了一眼,然后,就像是在给对方打气,他们牵起对方的手,踏上了楼梯。

"你去过楼上吗?"奥利维悄声问道。

尼娜摇摇头,握紧了他的手。

楼梯上方是一条长长的走廊,通向不同的房间。房间的木门都被漆成了浅蓝色,上面装饰着黄铜门把手。走廊尽头有一扇大窗,轻薄的蕾丝窗帘刚巧把它遮住。但窗帘几近透明,暗淡的阳光毫无阻碍地穿了进来。

他们正站在走廊中央。

尼娜挠了挠头。

"好吧。现在呢?"

一只大黄蜂飞了过来,在他们脑袋边盘旋起舞。

"这又是从哪儿冒出来的?"奥利维叫道。

永不结束的夏天
I GIARDINI DEGLI ALTRI

玛戈王后虽然一直表现得高傲端庄，但本质仍是一只猫，它可不会考虑这些无关紧要的问题，而是在看到黄蜂的瞬间立刻兴奋了起来。真是难以置信，猫见到可以捕捉的东西时竟会变得如此不理智，不管那东西是一只蛾子还是一根垂下的细绳。这位总是端着架子的猫中王后也不例外，它就像一枚地空导弹，朝着大黄蜂直扑而去。玛戈王后跳上古老的斗柜，上演了一个漂亮的漂移，撞翻了斗柜上的铜花瓶和一个很大的陶瓷珠宝匣，物体坠地的巨响吓得两人跳了起来。

"玛戈王后！"尼娜生气地吼道，拍了拍它的脑袋。玛戈王后对此却毫不在意，它失望地环顾着四周，大黄蜂已经不见了。

奥利维捡起花瓶，还好花瓶没有摔坏，他把它放回了原处。珠宝匣却没能逃过一劫。那是件相当精致的艺术品，通体洁白，装饰着纤细的金边和蓝色珐琅花纹。匣子的下半部分裂开了一道缝，奥利维和尼娜沮丧地检查着这处破损。

"'都是猫的错'，这应该是最老套的借口了。"奥利维说。

"即便这是真的。"尼娜痛苦地说。

就在他们寻找着可能的补救方法时，奥利维发现，在珠宝匣内外层之间的夹缝中似乎藏着什么东西——一个有些厚度的东西。

"快看!"奥利维惊讶地说。他探进一根手指,在手指的撬动下,外层彻底脱落,摇摇欲坠地悬挂在匣子上。一本棕色皮革封面的带扣笔记本落进了奥利维的怀里。两人盯着笔记本,惊讶极了。

"它在匣子下面?"尼娜问。

"对。在外层和内层之间。"

"可它怎么会在那儿?"

尼娜伸手碰了碰笔记本,不再说话。奥利维把珠宝匣放到一旁,轻轻地解开了笔记本的带扣。笔记本的纸很脆,有些脏,散发出一股灰尘的味道。它的主人在泛黄的纸上留下了难以辨认的潦草字迹,字与字的间距很小,字体也早已过时。笔记本的主人有时刚在一页上写下一句话,就匆匆跳到了下一页。

"它应该有些年头儿了。"尼娜说道,她轻轻地抚摸着笔记本。

玛戈王后将头挤进两人中间,似乎也想参与到讨论中。

就在这时,楼下传来一阵响动,两人吓了一跳。奥利维脸色惨白,他看见血色也正从尼娜的脸上褪去。他们呆立在原地,惊恐万分。

脚步声朝着厨房的方向去了。步子很沉,是靴子踩过地面的声音。会是谁呢?尼娜把笔记本放到地上,匍匐着爬到楼梯的栏杆前,身体紧贴着地板,向下望去。

"噢,"尼娜松了口气,低声说道,"对,今天是园丁来这儿的日子。快,把本子藏起来!"

奥利维连忙把笔记本和摔坏的珠宝匣推进了柜底。随后他们站起身,跑下楼。他们出现的时机正好,园丁刚从厨房后面的贮藏室取来了修枝剪,他并没有看到他们是从楼上下来的。

这是奥利维第一次见到这位园丁。他的年纪已经很大了,却依旧身强体壮,并且看起来不太好相处。

"你们在这儿干什么?"园丁语气不善地开口,原本就很红的脸变得更红了。

尼娜对他露出了无比甜美的笑容。

"我得提前过来喂猫,先生。今天我都没时间再来了。"

"必须得带上他？"园丁问道,用粗大的手指点了点奥利维。奥利维真想立刻找个地洞钻进去。

尼娜没有回答,只是继续保持着微笑,不过她的笑容正逐渐变得僵硬。

"抱歉……不过我得去厨房了,我要在那儿喂猫。"

园丁向一旁让了让,恶狠狠地瞪着他们。

"听着,小姐,"园丁在他们身后喊道,"我不知道你在搞什么,不过我要告诉你,我一点儿也不信你的话。明白吗?一点儿也不!"

他嘟囔着走出了大门。

当奥利维和尼娜穿过花园,再次从他面前走过时,正在玫瑰花丛中工作的园丁并没有同他们告别,而是眯起眼睛,紧紧地盯着他们。

显然,他们今天是不可能再回庄园了。

第六章
欢 乐 之 匣

吃过晚饭,确定园丁已经不在庄园后,他们才又重新鼓起了勇气。不过即便如此,他们还是小心探查了一番,确保园丁不会藏在花园的某个角落,等着抓他们的现行。

"对付那个人,"尼娜说,"多小心也不过分。"

他们在暮色中移动着,忐忑不安,小心翼翼。楼上的谜题正在等待着他们,这可真是一种奇妙的感觉。他们强迫自己保持理智和冷静,然而兴奋的心情又让他们很难抑制唇边的笑意。

奥利维在"绿屋"的柜子里找到了一管强力胶水,那或许是某位房客不小心落下的。虽然他不怎么擅长手工活儿,但他还是想办法修好了珠宝匣。他们把匣子放回原处,从柜底重新翻出了笔记本。

"你拿着它吧。"

"我？"

"对啊。我家里人太多了，你家除了你，就只有你妈妈，那儿更安全。我们明天上午再来读它，这样时间会更充裕。你说呢？"

奥利维拿着笔记本，有些不安。

"好吧，我会把它藏好……"

玛戈王后跑了过来，向他们索要它的晚餐。

那天晚上，奥利维睡得很不踏实。他把笔记本藏到了《旅行指南》里，之后不停地起床查看，确保笔记本仍在那里，确保它是真实存在的，不会像那顶草帽或者尼娜梦中的声音那样消失不见。笔记本一直在那里。想要翻开它的意愿非常强烈，但奥利维克制住了这股冲动，他不能这样做，他要等待第二天的到来，要等到尼娜一起。

差一刻七点的时候，奥利维彻底从睡梦中清醒了过来。他飞

永不结束的夏天
I GIARDINI DEGLI ALTRI

快地跑下楼，正喝着咖啡的妈妈诧异地瞪着他。

"你怎么起这么早？"

"我睡不着！"

到了八点，奥利维已经不知道该怎么打发时间了，他决定去尼娜家看看。他知道尼娜家在哪儿，但还从没有去拜访过。尼娜也一样，她从没有来过他们的"绿屋"。他走出家门，胳膊底下夹着那本《旅行指南》——如果妈妈看到了笔记本，一定会刨根问底的。

站在尼娜家门前，奥利维才意识到，此时到访似乎有些太早。不过听着屋里传出的声音，他还是鼓起了勇气。

门铃的声音非常响亮，把奥利维吓了一跳。

一个女人给他开了门。她又高又壮，长长的棕色发辫垂在肩上，她并不漂亮，却有着一张周正的面庞和一双湛蓝的大眼睛。她和尼娜并不像。一点儿也不像。

"你好，"她露出一个疑惑的微笑，"请问你是？"

注意到她仍穿着睡衣，奥利维心里一沉。

"呃……我叫奥利维。"

"噢,是你!我听说过你。快,进来吧。尼娜还在吃早餐呢。"

在她身后,一个一岁半左右的小男孩飞快地跑过,对于一个仍穿着纸尿裤的小孩儿来说,他的速度可真是快得惊人。小男孩正追着一辆发出刺耳轰鸣声的金属小火车。下一秒,另一个稍大点的女孩冒了出来,她一边追着小男孩一边高喊:"那是我在玩的!"

"别怕,"女人说道,她无奈地望了望天,"在我们家经常发生这种事。"

她趿拉着拖鞋走进客厅,奥利维害羞地跟在她身后。尼娜穿着睡衣,正和她父亲一块儿坐在桌旁。见到奥利维,她似乎一点儿也不高兴。

"你怎么来了?!"尼娜问,并没有掩饰她的不快。

"尼娜!"她的父亲责备道。他又高又瘦,有着和尼娜一样的深色头发。他是这个家里唯一穿戴整齐的人。

"你不给我们介绍一下你的朋友吗?"

"他叫奥利维。"尼娜说,双眼盯着浮在拿铁咖啡里的面包片。紧接着,她站了起来。

43

永不结束的夏天
I GIARDINI DEGLI ALTRI

"我去收拾一下。"

"你不吃了?"

"不,不了。"

尼娜跑着离开了。她的妈妈在她身后叫道:"你动作快点,一会儿我要用厕所!"

"知道了……"

奥利维尴尬地站在原地。好在尼娜的父母似乎很忙,根本没什么时间关注他。他们对他投去歉意的笑容,开始在屋里四处走动。他们不停地进出客厅,交换着各种信息和问题,有时甚至是某些物品——比如一串从房间这边飞到那边的钥匙。

这东西在哪儿?那个又在哪儿?他们不住地大声叫嚷。

奥利维有一种感觉,他就像在观看一场无声电影,剧中的人物一刻不停地东奔西跑,挥舞着双臂。

与此同时,刚才那两个小孩儿探出了头,偷偷观察着奥利维。女孩五岁左右,她表情严肃,那双和母亲相似的蓝色眼睛落在奥利维身上,仔细地打量着他。奥利维猜测她就是尼娜提到过的"塔蒂"。她应该和他一样害羞,因为她并没有走过来同他问好。那个小男孩则对奥利维露出了笑容,他吮着手指,口水滴滴答答地不住滑落。

尼娜很快回来了,心情比之前好了许多。

"我们走吧?噢……他们是我的弟弟妹妹。"

奥利维冲他们笑了笑,两个小家伙吃吃笑着,消失在了门边。

尼娜朝他点点头,迈开步子走向了大门。她一边走,一边急匆匆地向家人道别,不过这声"再见"并没能让她"幸免于难":她父亲从她身后飞扑过来,俯身吻了吻她的额头;她母亲突然出现在她身前,不放心地唠叨了好半天,最后不忘叮嘱她,让她按时回家吃午饭。

终于,他们踏出了家门。奥利维的腿都有些软了。

"这就是为什么我说我家里人很多了。"尼娜难为情地说。

她的目光落在那本《旅行指南》上,忍不住笑了。

"你把它藏这儿了?"

"对。"

"我知道去哪儿读它。有一棵坐着很舒服的树。"

奥利维跟在她身后，试图修补两人友谊的裂痕。

"你妈妈人很好。"他主动挑起了话题。

"她不是我妈妈。"尼娜头也不回地回答，"她是我的继母。我五岁的时候，她和我爸爸在一起了。她是个会计师。"

"噢。"

"不过她人很好。"短暂的思考后，尼娜补充道。奥利维并不清楚这个"很好"是指作为继母来说很好，还是指作为会计师很好。

"那你的弟弟妹妹是你继母的孩子？"

"是的，他们是爸爸和阿格拉雅的孩子。"

奥利维没有接话。

"我妈妈放弃了我的抚养权，这意味着她可以不用再照顾我了。"

"你有多久没见过她了？"

尼娜飞快地计算了一下。

"我最后一次见她是在圣诞节。"

"圣诞节？"

尼娜耸耸肩。

"对我来说无所谓。我对她已经没什么印象了。"她突然转过身,痛苦地说道,"就是因为这个,我才不想你来我家!因为之后我得向你解释,可我根本不想解释!"

"对不起。"奥利维轻声说。

"没事。好了,不提了。我们应该把精力放在更重要的事上。"

那棵坐着很舒服的树是一棵结实的栎树。在尼娜的帮助下,奥利维爬到了一根低矮粗壮的树枝上,树枝向一旁伸展着,就像一条四米高的长凳。尼娜挨着奥利维坐下,她把手伸进枝叶间,摇晃着它们。

"这儿很棒,是不是?"她笑着问道。

奥利维已经等不及了。他立刻从《旅行指南》里抽出笔记本,解开了封面的带扣。尼娜由着奥利维翻动笔记本,笔记本的第一页上只孤零零地写了一句话,她努力辨认着那些潦草的字迹。

  万事万物皆有其时,而这是我的时代。

永不结束的夏天
I GIARDINI DEGLI ALTRI

接下来的记录几乎都是这种风格，没有任何解释和说明。有时候句子会变得长一点儿，就像一整页的日记：

今天我在 Wunderkammer 待了快一天，虽然眼睛又酸又痛，但却非常开心。之后我去了花园。傍晚的阳光是如此美丽，让人把一切愁思都抛到了脑后。和往常一样，今天一整天我都没有和任何人说话。姨父和姨妈跟我没有任何话题可谈，这真叫人难以忍受。更可怕的是，他们两人之间也从不交流。

尼娜抬起了眼睛。
"Wunderkammer 是什么？"
"不清楚。我得问问我妈妈，她什么都知道。"
"这应该很重要。瞧见了吗？"尼娜指了指别的地方。这个词被反复提及，有时还会单独出现。在某一处，后面甚至还跟着一串日期：Wunderkammer，1905 年 10 月 18 日。
两人对视一眼，不敢相信。1905 年！一百多年前，这可远远超出他们的想象，比他们爷爷奶奶的年纪还要大上许多，这得是多久远啊！而此刻，他们正抚摸着和他们相隔那么多年的人曾经触碰过的纸页，读着他写下的话——尽管大部分都很晦涩艰深，让人难以领会其中的含义——这真是太神奇了。

"我把我的灵魂放进了欢乐之匣里。"尼娜读道，一脸疑惑，"什么意思？"

"不知道。不过你看这儿，从后面的内容来看，这个"欢乐之匣"应该在Wunderkammer。"

"是啊，一个我们还不知道是什么的Wunderkammer。这可真是太棒了！"

奥利维笑了。

"别急嘛，我们总会弄明白的。"

那些只有笔记主人才能读懂的字句里，流露出浓浓的感伤之情。虽然奥利维和尼娜的经历不尽相同，虽然他们都不曾鼓起勇气向对方敞开心扉，但那种孤独感和被遗弃的感觉，他们俩都再熟悉不过了。

他们花了一个小时研读笔记，试着梳理其中的逻辑。终于，

他们拼凑出了一个故事，尽管故事的"情节"仍有许多漏洞。写下这些笔记的人无疑是个女孩，这一点从女性化的自称上就能看出。女孩并不和他们同龄，但也绝非一位成年女性。有关她的年龄，笔记中并没有明确提及，唯一能作为线索的只有一些零散的时间。最后一个时间正好出现在笔记结束前，是 1906 年 6 月。

女孩有一个非常讨厌的人，一个名叫"她"的敌人。每次提到那个敌人，女孩的语气都饱含着怨愤和痛苦。正是那个敌人把女孩撵出了家门，让她来到了千里之外的椴树庄园。读到庄园的名字，奥利维和尼娜屏住了呼吸，他们正是在那儿发现了笔记本。这并不是梦，也不是他们的想象。一切都是真的。

庄园的主人是女孩的姨父和姨妈，他们已是垂暮的老人，对女孩并不上心，也不关注她的感受。他们表现得温和客气，却也不忘时刻提醒女孩，让她反省自己的过错，正因为她犯下了如此大错，才会被送到这里。把女孩从孤独中拯救出来的是一位名叫阿德莱的姑娘。这个名字只出现了寥寥几次，但从女孩的叙述中却不难感受到两人的投机以及女孩对她的信任。

事情的脉络逐渐清晰起来，女孩的家人把她送到椴树庄园，是为了惩罚她。"这真是太不公平了。"尼娜评价道。尽管如此，笔记中流露出的却并不只有忧愁。椴树庄园的生活让女孩获得了某种程度的自由，比如她很喜欢在花园中劳作，每个下午她几乎都在那里度过，与泥土、花朵和昆虫为伴，她觉得自己就像是它们的一部分——甚至连泥污都让她备感亲切，女孩在笔记中这样写道。

"那顶草帽……"奥利维轻声说。

尼娜望着他，神色不安。他们沉默了好几分钟。最后是奥利维先开了口，他有些不情愿地说："快到午饭时间了，我们之后再接着读吧。今天下午我们先去庄园找找那个 Wunderkammer，你觉得呢？反正我们得过去喂玛戈王后。"

尼娜一拍脑门儿。

"天哪，瞧我这脑子！你说得对！我们一会儿见！"

他们从树上跳下。奥利维把笔记本重新藏进了《旅行指南》里。他觉得心头有一股热流在涌动。

"万事万物皆有其时，"他对尼娜说，"现在，是我们的时代了。"

第七章
寻找珍奇馆

"你怎么会对这个感兴趣？"

正在沙发上小憩的妈妈惊讶地看着奥利维。吃过午饭后，她就一直躺在那儿，用她的话说，这么做是为了"获取灵感"。在蓝色沙发套的衬托下，她红色的头发分外打眼。

"我，嗯……我在一本书里读到过，不知道是什么意思。"

"什么样的书里会出现 Wunderkammer 这种词？"

"是尼娜借给我的。"

"唉！那个小姑娘，读的都是些什么书呀！"

妈妈告诉奥利维，Wunderkammer 是个德语词，意思是"珍奇馆"。"珍奇"，指的是那些奇特而稀有的东西。十六世纪的欧洲曾兴起过一股收集奇珍异宝的风潮。"奇珍异宝"甚至可以是一块化石,对于当时的人来说,那可是个新鲜玩意儿。珍奇馆内的藏品五花八门,有油画、填充或风干的动植物标本、珍贵的书籍、各类骨架……每间珍奇馆的模样都不尽相同,它们风靡一时,一直到十九世纪晚期。前往椴树庄园的路上,奥利维把这些告诉了尼娜,尼娜认真地听他说完,轻轻吹了声口哨儿。

"所以,庄园里肯定有一个类似的房间。我想你应该猜到它在哪儿了吧。"

奥利维兴奋地打了个哆嗦。

"在二楼。"

尼娜和奥利维迫切地想要找到那间珍奇馆。他们从没有见过珍奇馆,庄园里的那一间勾起了他们的好奇心,他们很想知道里面藏了些什么东西,但这仅仅只是原因之一。不知为何,他们隐隐有一种感觉:那间珍奇馆是一个重要的线索。对那个神秘的存在来说,那个房间有着非比寻常的意义。如今他们已经非常肯定,那个神秘的存在正试图穿越时空,向他们传递某种信息,而他们相信,解开谜题的钥匙就在那间珍奇馆里。

永不结束的夏天
I GIARDINI DEGLI ALTRI

他们站在玛戈王后身边，看着它享用午餐，两人像是达成了某种默契，都想尽可能地让那个时刻来得更晚一些。等到玛戈王后终于吃光了碗里的东西，他们交换了一个眼神，朝着楼梯走去。玛戈王后尾随着他们，在他们腿间钻来钻去，发出阵阵呼噜声。可就在他们即将踏上楼梯时，玛戈王后停了下来。它眯眼打量着他们，接着向后一个转身，跑出了虚掩的大门。

来到二楼的走廊上，他们又有些拿不定主意了。从哪里开始呢？最后，尼娜果断地选择了右边，她推开一扇扇门，奥利维紧跟在她身后。房门都没有上锁。第一间是卧室，第二间是客厅，里面的家具盖着防尘布，然后又是一间卧室……和一楼一样，这里的每个房间都很整洁，弥漫着一股疏离忧郁的气息。房门一扇扇打开，他们的期待一次次落空，尼娜轻轻地将推开的门再度掩上。

在走廊的另一边，他们发现了唯一一个上锁的房间。天蓝色的木板门，黄铜制成的门把手，从外观上看，它和别的房间一模一样，可它却大门紧闭。他们已经检查了其他地方，这个房间无疑就是他们正在寻找的珍奇馆。

"让我试试。"奥利维说,他感觉胃缩成了一团。他撞了撞门把手,并没有什么效果。大门依旧纹丝不动,像是在嘲笑他们。

尼娜失望得快要哭出声来。

"怎么会这样!我们已经来到这儿了,就是这么个结果?"

他们沉默不语,沮丧极了。

谁想就在下一秒,奇迹发生了。四周的空气似乎凝滞了,一阵极轻却又连续的声响传入了他们的耳朵,就像小鸟扑扇翅膀的声音,但却更加和缓轻柔。

咔嗒一声轻响,门锁弹开了,原本紧闭的房门敞开了一条缝。弥漫在空气中的紧张感渐渐褪去,那股神秘的气息也随之消失了。

奥利维的心底莫名泛起一股柔情。从门缝中透出的黑暗并不可怖,反而令人感到安心。

尼娜的声音颤抖着:

"进去吗?"

"进去吧。"

他们推开房门,屋内漆黑一片。等他们的眼睛终于适应了黑

暗，他们才注意到房间里的三面大窗，护窗板的缝隙隐隐有阳光透进来，四周的墙壁上满是神秘的阴影。

奥利维和尼娜走向窗边，打开了护窗板和窗户。阳光如水倾泻进来，晃花了他们的眼睛。他们正站在珍奇馆里。

漆成绿色的墙壁上钉着数不清的木架，上面摆放着各式各样的物品。有奇形怪状的珊瑚，曾经色彩斑斓如今却已蒙上灰尘的贝壳，以及形形色色的肖像画。阳光似乎让画中的老爷们很不舒服，他们板着脸，不悦地瞪着两位闯入者。此外还有用乌木框装裱的印刷品，不知取自什么动物的兽角，保存在玻璃罐中的植物标本，长着东方面孔的小人儿像，以及一个高高的、巧夺天工的瓷花瓶。这个花瓶被摆在了最显眼的位置，或许因为它是此间最珍贵的藏品。房间里并没有化石的影子，这让奥利维很是失望。

"这是什么？"尼娜问，她伸出一根手指，摸了摸眼前的金属仪器，扬起一大片灰尘。

"是幻灯机。"奥利维回答，他着迷地打量着那个大块头。

"就这样？"

"它和现在的幻灯片放映机很像,只是更古老而已。他们会在里面点一根蜡烛,再把画片装进去,这样放大的图像就会投射到墙上了。"

"哇。快看,是画片!"尼娜在下面的柜子里找到了一个盒子,她刚把它打开,就发出了一声惊叫。看着盒中满满当当的玻璃画片,她的一双眼睛都在放光。

"我们下次可以看看。"奥利维含蓄地提醒尼娜,希望她不要忘记他们此行的真正目的。尼娜读懂了他的暗示,朝他挤了挤眼睛。

"好啦好啦,你说得对。我觉得那边的衣柜挺有趣的。"

奥利维顺着尼娜的视线望去,立刻就对她的看法表示了赞同。衣柜半隐在房间尽头的阴影中,它体积庞大,比墙上的木架还要高出许多。和一楼门厅的钟罩一样,这个柜子也是用深色的木材制成的。在它旁边,靠墙的位置摆着一张书桌,粗壮的桌腿上雕刻着花纹。奥利维曾在文艺复兴博物馆里见过这样的桌子。

"希望它不是锁上的……"

他们的运气不错。一阵令人汗毛直竖的嘎吱声后,柜门打开

永不结束的 夏天
I GIARDINI DEGLI ALTRI

了——天知道有多久没人碰过这个柜子了。衣柜里有五层隔板，每一层都堆满了东西。他们找到了几个大箱子，一个装着旧衣服，一个装着百科全书，还有一个里面尽是些黑乎乎的小玩意儿。飞舞的灰尘呛得他们不住地咳嗽，好几次他们都不得不停下动作，稍作休息。最终，他们从这堆杂物里翻出了一个喷漆木盒，不同于别的盒子，它的外形更加扁平小巧。奥利维用手擦了擦盒盖，拂去上面的灰尘。盒盖上写着一行红色小字，年代已经相当久远，那纤细的字体他们可再熟悉不过了。

  帕洛玛的欢乐之匣

  "帕洛玛？"尼娜悄声说道。
  他们周围，灰尘飞扬起来，似在翩翩起舞。

第八章
帕洛玛的秘密

奥利维和尼娜双膝跪地,把盒子放到了地板上。之后他们揭开盒盖,盒子里铺着一层有些泛黄的蓝格白底织布。

他们取出的第一件东西是一本棕色的笔记本,本子的封面上写着一个单词:Herbarium。

"这是英语里植物标本集的意思。"尼娜轻声说,"这里面收集的应该是花园里的植物样本。"

他们翻开笔记本,发现确实如此。每个标本旁都被人细心手写了拉丁语学名。有时一页上收集了同一棵树的好几片叶子,它们颜色各异,呈现出四季变化的纷繁色彩。此外还有干花——他们翻动页面的时候,那些标本好像随时都会碎掉——和一些手

绘的花朵。帕洛玛，如果这是她的名字的话，甚至还在上面画了昆虫的素描，有蜜蜂、大黄蜂、金龟子、蜻蜓……每幅画下都写着昆虫的名称。

"欢乐之匣"里还装着些别的东西：一瓶已经完全干掉、变成蓝色粉末的墨水，一支用得很旧的钢笔，几根褪色的彩色发带和一个针线盒。所有的物品都散发出一股腐朽的霉味，他们不得不屏住呼吸，在盒子里翻找查看。其中最古怪的就是那些身着复古女性服饰的小纸人，奥利维小心翼翼地拿起它们，面露疑色。

"这是什么？"

尼娜笑了。

"是纸娃娃！以前的女孩会把它们从杂志上剪下来，当洋娃娃来玩。这些会不会是她从家里带来的，作为纪念？"

"不知道。"

这个假设让奥利维感到难过，他把纸娃娃放到了标本集上。

最后一件物品是一把小巧朴素的金属钥匙，它的一端卡在盒子底部破开的洞里。他们没有找到钥匙牌或者别的说明，奥利维把盒子翻转过来，摇晃了好几下，希望能抖出点什么东西，然而什么也没有。

"真气人！如果不知道它能打开什么，我们拿着这把钥匙又有什么用？"

尼娜盯着钥匙，轻咬下唇，若有所思。

"嗯……或许那本笔记里会有线索。"

奥利维不知该怎么向尼娜描述他此刻失望的心情。就在几分钟前，他还满怀信心，认为只要找到"欢乐之匣"或者珍奇馆里的任何一件东西，笼罩着庄园的谜团便会被解开。他们会有所发现，并顺着这些线索抽丝剥茧，彻底弄清帕洛玛的故事，一切将会变得明朗，就像晾晒在夏日阳光下的床单。可是现在呢，他们只找到了一把毫无用处的钥匙。珍奇馆根本没向他们透露任何秘密！

尼娜似乎读出了他的想法，她轻轻地将手搭上他的手臂。

"别灰心。她让我们来这里，肯定是有原因的。你忘了吗？她和我们沟通，一定相当困难……我们得仔细琢磨她的用意，试着去理解她。而且我们也并不是一无所获，我们已经知道她的名字了。"

永不结束的夏天
I GIARDINI DEGLI ALTRI

尼娜的声音因为激动而颤抖。奥利维有些羞愧。没错，他们已经知道了是谁一直试图穿越时空与他们交流，除了这条线索，还有许多亟待他们去探索发现的细节。

"现在我们要做的，"尼娜说，"就是继续寻找下去。"

他们只能摸着石头过河。

他们每天都会去珍奇馆，在那里阅读帕洛玛的笔记，希望那个神奇的房间能给他们些许提示。

他们很快发现了另一条重要的线索：那个帕洛玛憎恨的人，那个将她"流放"到椴树庄园的人，是她的母亲。笔记里并没有清楚地写明这一点，是尼娜猜出了她的身份。

"你看，"尼娜指着笔记中的一句话，对奥利维说道，"这个人肯定是她的妈妈。"

"为什么这么说？"奥利维问道，他对这个结论并不怎么信服。他一直觉得那个敌人是某位和帕洛玛争夺遗产的恶毒亲戚，这可是小说里经常上演的情节。

"你仔细读读这句话。"

奥利维读了起来。

我不会这么恨你,如果你曾爱过我的话。

尼娜翻过几页笔记,指了指另一段独白。

把孩子带到这个世界上,意味着扛起许多责任。在这一系列责任里,包括接受孩子本来的样子。

奥利维几不可闻地叹了口气。

"她妈妈不接受她本来的样子。"尼娜说道,就像是在自言自语,"她妈妈把她赶了出来,只因为她不想和她妈妈一样。她妈妈背叛了她。"

"她爸爸呢?"

"不知道,我不明白……"

他们推测出的故事是这样的:帕洛玛有些与众不同,这让她在所谓的"文明社会"里显得格格不入。她的特别之处,恰巧是她

母亲害怕并且鄙弃的。具体是什么呢？从笔记中可以看出，帕洛玛和她母亲不仅仅是性格不合，在她们之间一直有一道隔阂，这让她们无法理解对方。

在压力面前，帕洛玛没有屈服，可是母亲消极的态度却深深地伤害了她。读着帕洛玛的笔记，奥利维和尼娜非常难过，从那些痛苦的文字中流露出的是绝望和恐惧，因为帕洛玛知道，她的命运掌握在别人手中。她不能为自己做主，这个事实让帕洛玛出奇地愤怒，几乎让她疯狂，但在这样的歇斯底里中，她依旧努力保持着令人惊叹的理智和清醒。

"知道自己什么都做不了，无能为力，没办法改变任何事情，那种感觉一定很可怕。"奥利维发出了这样的感慨。

尼娜将额头抵在奥利维肩上，她沉浸在悲伤之中，很久都没有说话。他们已经无法改变帕洛玛的命运，但还能掌握自己的人生。帕洛玛所在的时代并没有给她这样的机会，她只能将心事付诸笔尖，在花园中默默耕耘，待在珍奇馆里，愤懑不甘地幻想着另一种未来。

越是想象我可能拥有的人生，我就越是痛苦。这种感觉真是糟糕透了，让我喘不过气来。我知道这样做是犯傻，这世上根本没有什么"如果"。幻想这些"如果"只会让我更加难受。"如果"她不是她，"如果"我不是我，"如果"命运不是如此残酷……啊，真是一些痛苦又没有意义的假设。

尽管如此，帕洛玛却拥有一个秘密，正是这个秘密让她保持着斗志，用嘲讽的眼光看待命运的不公。事实上，笔记中充斥着的并不只有抱怨，还有一种惊人的幽默感，它总会在某处出人意料地流露出来。如果奥利维的妈妈读到，她一定会说："真是个与众不同的女孩！"奥利维明白她的意思：帕洛玛聪明幽默，才华异于常人。

帕洛玛把她的秘密称作"宝藏"。读到这个词，奥利维和尼娜立刻警觉了起来。宝藏？椴树庄园里有宝藏？它还在原处吗？又或者帕洛玛已经把它转移到了别的地方？那个神秘的力量或者帕洛玛本人想要告诉他们的难道就是这个，他们要寻找的难道

就是那份宝藏？

　　宝藏具体是什么，帕洛玛并没有说明。笔记里只有一些诸如"我又把一些东西放进了宝藏"这样含糊的描写。在笔记的最后部分，出现了唯一一处有关宝藏的陈述。

　　　　宝藏很安全。我感觉好多了。没人能把它从我身边夺走。除了我，没人知道它藏在什么地方。

　　奥利维和尼娜心急如焚，他们太想弄清宝藏的真面目了！可是，偏偏没有任何提示告诉他们如何才能找到宝藏。帕洛玛很聪明，在离开庄园前，她万分小心地藏好了笔记本——如果她最终离开了这里的话，关于这一点，奥利维和尼娜并不忍心去猜测——但她显然也考虑到了笔记本被发现的可能。因此，她没有在笔记中留下任何线索，以免泄露她的秘密。

　　奥利维和尼娜不禁怀疑，帕洛玛的年龄或许并不大，因为她特别喜欢制造悬念、打哑谜，或是创造一些只有她自己才能明白的暗语。这样的游戏奥利维和尼娜不知玩过多少次。而热衷于此的帕洛玛，还会将纸娃娃藏进"欢乐之匣"。回味童年时光的帕洛玛，和他们是如此相似。她是如此真实，仿佛伸手可触，奥利维和尼娜不禁对她产生了好感，甚至喜欢上了她。虽然帕洛玛生活在一百多年前，但他们之间并没有横亘着时间的鸿沟。

一天，尼娜带来了一个新消息。

"昨晚我突然想到，村里或许有人知道这栋房子和它主人的故事，所以我问了阿格拉雅和我爸爸。我告诉他们，我在做有关我们村的研究，作为我中学的第一个课题。他们相信了。反正他们从来都不检查我的作业，他们根本没有那个时间！"

"他们说什么了？"

"他们让我去找克莱丽娅太太。她和她的祖辈一直住在这儿。或许她能告诉我们一些有用的信息。"

于是，这天下午，他们去拜访了克莱丽娅太太。克莱丽娅太太的家位于村子边缘，是一栋房前种满锦葵的漂亮小别墅。

"嗯……你来？"站在门前，奥利维紧张地开口。

尼娜高傲地瞥了他一眼。

"你倒怕起敲门来了？"

"可要是我们打扰她了呢？"

"我们已经站在这儿了。如果打扰她了，那我们就下回再来。"

尼娜摁响了门铃，他们已经没有退路了。一阵轻快的脚步声响起，大门打开了。

克莱丽娅太太约莫六十岁，她身材纤瘦，有着一张红润的面庞和一头银白色的短发，她温柔的蓝眼睛落在尼娜和奥利维身上，惊讶又和蔼地瞧着他们。穿着沾满颜料的居家T恤和牛仔裤的她，看起来就像一个和尼娜同龄的小姑娘，而不是人们口中的克莱丽娅太太。

"这不是小尼娜嘛！"克莱丽娅太太眨了眨眼睛，"亲爱的，你怎么到这儿来了？"

"我来请教您一些问题。"尼娜用一副相当正式的口吻回答。

克莱丽娅太太笑了起来。

"啊，明白了。这位是你的朋友？"

"他叫奥利维。他妈妈是法国人。"尼娜一板一眼地说道，和平时一样,她习惯把一切解释得明明白白。

"您好。"奥利维很不自在地打着招呼。

"你好,亲爱的。好的,好的……别站在门口,进来说吧。"

克莱丽娅太太让到一边,请他们进了门。她的房子很漂亮,虽然不如外面看起来那般宽敞,却洒满了阳光。屋内的墙壁上装点着许多可爱的饰物,靠墙的地板上摆放着一溜儿水彩画。注意到奥利维望向那些画的目光,克莱丽娅太太说道:"是我画的。我刚刚还在创作呢。"

她指了指客厅中央的画架和画布。

"真抱歉,打扰您了。"尼娜窘迫地说。

"哪里,完全没有!要来些点心吗,一边吃一边问问题?"

这可真是个诱人的提议!他们跟着克莱丽娅太太走进厨房,明黄色厨房就像一颗切开的柠檬。克莱丽娅太太取出一块奥利维从未见过的巨型面包,切下厚厚的两片,抹上金灿灿的黄油,又把橙汁倒进了两个杯口印着花纹的玻璃杯里。

最后,她给自己准备了一杯咖啡,在两人对面坐了下来。

"好了。说吧,树上的小尼娜。"

尼娜和奥利维暗暗地交换了一个眼神。他们事先并没有商量好要说些什么，坦诚相待似乎是最简单的选择。克莱丽娅太太看起来是个合适的人选，他们或许可以告诉她实情，把他们的发现和他们在笔记本里读到的故事讲给她听，至于那些离奇的经历，他们准备略过不提。

一切按照他们的计划进行。出乎奥利维意料的是，在尼娜讲话的空当里，他也能见缝插针地说两句。克莱丽娅太太很认真地听着，眉头紧锁。

听完他们的讲述，克莱丽娅太太沉默了许久，她将食指点在桌面上，随意地划动着。随后她抬起水晶般的眼睛，重新看向了两人。

"嗯……椴树庄园的帕洛玛。我知道她。"

"真的吗？"

"是的，没错。我不清楚你们是不是因为知道这一点才来找我的，毕竟听起来你们已经掌握了不少信息。一个世纪前，我的外祖母在那里做过女佣。那时她还很年轻，非常非常年轻。要知道，在那个年代，穷人家的孩子很小就得出来工作，就在你们这个年纪,或者比你们还要小些。那时候可没有法律保护他们,家里需要钱,父母不得不这么做。于是,我的外祖母去了椴树庄园,当时她才十三岁……她叫阿德莱。"

"阿德莱?!"尼娜和奥利维齐声叫道,欣喜若狂。阿德莱,帕洛玛笔记中提到过的阿德莱!这也就意味着,坐在他们面前的这位女士是帕洛玛唯一的朋友阿德莱的外孙女。真是难以置信!迄今为止,所有的一切都只存在于纸上和他们的推测中,而克莱丽娅太太,她有血有肉,是这个故事鲜活的证明。

他们告诉克莱丽娅太太,他们在帕洛玛的笔记中读到过阿德莱的名字,克莱丽娅太太笑了。

"我一点儿也不奇怪。我外祖母很喜欢那个女孩。她被托付给了她的姨父和姨妈,遇到我外祖母的时候她十六岁,比我外祖母要小五岁。她们都很年轻,又都没有朋友,自然就走到了一起。帕洛玛离开庄园后,我的外祖母一直向她的东家打听帕洛玛的消息,了解她的情况,这在当时可是很不合规矩的行为。帕洛玛的故事让我的外祖母深受触动,她决定把它记录下来。可惜我外祖母不识字,她只能口头把它讲出来。她也把这个故事讲给了我

永不结束的夏天
I GIARDINI DEGLI ALTRI

听,我现在把它告诉你们。"

克莱丽娅太太露出了笑容,一双眼睛却暗了下来。

"我想,是命运让你们敲开了我的家门。"

第九章
不被理解的帕洛玛

故事是这样的：

帕洛玛生于某个大城市里一个富裕的工业资产阶级家庭。她的父亲开了一家小工厂，靠着生产鞋面发了家，随着财富的积累，他变得愈发有钱有势。他娶了个漂亮的女人做妻子，这个女人除了吃喝玩乐，对其他任何事情都不感兴趣，而这恰恰是帕洛玛的父亲所希望的。没人知道他们是否相爱，不过因为他们都非常墨守成规，倒也一直相处融洽。在他们眼中，规则高于一切。逾越规则，哪怕只是一点点，都会让世界的秩序崩溃——准确地说，会让他们的世界崩溃。他们绝不希望发生任何改变。

"什么规则？"尼娜问道。

克莱丽娅太太略作思索。

"所有那些必须做的,能让你在上流社会保持体面的事。最重要的就是循规蹈矩,不做任何出格的事:富人、穷人、女人、男人,都是一样的。还有孩子,孩子完全是父母的翻版,怎么说呢,他们更像是些小大人,而不是真正的孩子。就算是孩子,也不允许表现出一丁点儿的不同。那时候的观念就是如此。"

帕洛玛父母的第一个孩子叫阿尔图诺,完全契合了这些要求。身为男孩,他已经拥有了最高的起点,也很快学会了如何满足父母的期待。他学会了虚伪,这在当时是有教养的表现。他理所当然地成了大家眼中的模范小孩儿,尤其对他的母亲而言。她非常溺爱这个儿子。

帕洛玛的到来完全是个意外,那时候距离阿尔图诺出生已经过了八年。没有人期待,或者说,根本没有人希望她出生。

"你们知道帕洛玛这个名字是什么意思吗?"

尼娜和奥利维都给出了否定的回答。

"是鸽子的意思。一个很温柔的名字,对不对?但是她并没能体会到多少温柔。可怜的孩子。"

"帕洛玛是什么时候出生的？"奥利维问。

"嗯……"克莱丽娅太太掰着手指，"她1905年到的椴树庄园，那时她十六岁……对，她应该是1889年出生的。"

尼娜和奥利维对视了一眼。天哪！

按照当时的习惯，帕洛玛很小的时候就被托付给了一位德国保姆。那位保姆是个很温柔的女孩，她无微不至地照顾着帕洛玛，哄她入睡，为她更衣，陪着她在厨房吃饭……那时候帕洛玛的哥哥因为表现出色，已经被允许上桌和大人们一起用餐了。那些对于孩子来说很重要的事，比如识字、系鞋带、穿衣服、探索世界等，帕洛玛都是和保姆一块儿完成的。

"帕洛玛把这些经历讲给我的外祖母听，"克莱丽娅太太动情地说，"她说她和保姆之间有一个仪式：每天晚上，在上床睡觉前，她俩都会躲进帕洛玛的房间，一起喝上一杯热牛奶，吃几片饼干，给对方讲故事听。那是一段非常美好的情谊。"

"什么样的故事？"尼娜插嘴问道。

"我也不清楚，亲爱的。我的外祖母并没有说明。我猜是些她们自己创作的故事，应该就像父母为了哄孩子睡觉，那些编出来

的故事一样。"

帕洛玛是个坚强的女孩,但她极度渴望他人的关注。不仅是保姆,她还希望得到妈妈的关怀。她固执地想要得到这份爱,而这触怒了她的母亲。她的母亲心肠并不坏,却不会照顾人。帕洛玛总是跟在她身后,给她看画好的涂鸦,讲述花园里的见闻,向她展示戏水时玩耍的小船,这让她非常烦躁,因为她根本不知道怎么和自己的小女儿相处。她选择的总是最糟的方式:要么责骂帕洛玛,把自己也弄得歇斯底里;要么无视她或是惩罚她,因为她"实在太招人烦了"。

显然,帕洛玛希望有人倾听她的声音。她精力充沛,开朗健谈,再小的事她都觉得新奇有趣。她喜欢动物,她会奔向公园里的小狗,拥抱它们,而保姆则会尖叫着让她停下,因为她很可能会被狗咬伤;她喜欢和人打交道,她总是停下脚步和他们交流,就算对方是陌生人也不例外;她喜欢攀爬那些不该攀爬的东西;她喜欢所有那些被认为不适合女孩的游戏,嬉戏追逐、摸爬滚打,以及别的会弄脏她的衣服或者过于"剧烈"的运动。

"她就是个正常的小女孩呀。"奥利维说。

"是啊,的确。可你们别忘了,我们说的可是另一个年代发生的事。你们还想再吃点什么吗?"

克莱丽娅太太站起身,从橱柜里取出几块香喷喷的水果蛋糕。尼娜和奥利维一点儿也没有客气,他们把蛋糕吃了个干干净净,连渣儿都没剩下,克莱丽娅太太则继续讲着她的故事。

总而言之,和周遭的人相比,帕洛玛很聪明,或许有些太过聪明。在那个灰暗的年代,她身上的色彩过于鲜艳,这让她的母亲感到恐惧。她的母亲只喜欢那些规规矩矩、符合认知的东西,在她看来,不和谐的事物不仅让人不快,更是一种必须铲除的威胁。

"她的父亲呢?"

"她父亲常年不在家,那时候的男性并不重视和孩子培养感情。在他眼中,帕洛玛大概就是一个可以放在膝盖上逗弄的可爱娃娃,他每两周会见上她一次,并不愿意花费精力去了解她。帕洛玛谈起她父亲的时候,总是充满感情,可我外祖母却认为,帕洛玛之所以爱她的父亲,是因为她恨她的母亲,而不是出于内心真实的情感。"

说到帕洛玛的母亲，她不爱帕洛玛，也不理解她，而越不理解帕洛玛，她就越不能接受帕洛玛的一切。她决定强行纠正帕洛玛过于开朗的性格——至少在她眼中是这样的。帕洛玛稍有过失便对她横加指责；帕洛玛和保姆外出散心，如果弄脏了衣服，就会遭到惩罚；当帕洛玛无数次尝试想要和她分享某件事时，她只会恶语相讥。帕洛玛长大些后，一切不合时宜的娱乐活动都被禁止了，她的母亲时刻都在提醒她，让她谨记自己的身份，告诫她除了出身赋予她的社会地位，她自身根本不值一文。

帕洛玛从未停止过反抗。面对各种命令和要求，她从不逆来顺受，是故意反其道而行之，除非那个指令来自她的保姆。这种抗争贯穿了她的童年时光。她尤其喜欢读书，整日都沉迷于此，这个叛逆的爱好让她很有成就感，因为她的母亲、父亲、爷爷奶奶，甚至她的哥哥总会用埋怨的口吻斥责她："你不该看这么多书，那会弄坏你的眼睛！"

事实上，帕洛玛也没什么别的事可做。她过着近乎隐居的生活，她的家人根本没想过要送她去上学。她总是随便挑上一本书，然后埋头阅读，就算不能完全读懂其中的内容，那些书依旧给她一种亲切安全的感觉。对她而言,书就像家,是可供她栖身的港湾。

十一岁时,帕洛玛逃出了家门,不过她立刻就被抓了回来。几个星期后,她又做了第二次尝试。这一回,她的母亲用最残酷的方式惩罚了她,夺走了她生命中仅存的温暖:开除了帕洛玛的保姆。理由是帕洛玛已经足够大了,不再需要他人的照顾。那是一场令人心碎的分别,从那时起,帕洛玛就对她的母亲萌生出了恨意。

"帕洛玛非常非常孤独,那是她第一次感觉到心灰意冷。过着那样的生活,她本该变成一个悲观的孩子,但就像我和你们说的那样,她始终充满活力,充满好奇心。保姆的离开对她是一个沉重的打击,她一蹶不振,变得消沉。随着年龄的增长,帕洛玛已经看清了家族的本质,这叫她如何能不难过?!"

在这种情况下,帕洛玛选择了离群索居的生活,她愈发沉迷于阅读,从小说到诗集,从戏剧到自然科学论文,她都有涉猎。拥有如此聪慧的头脑和出色的创造力,几乎不可避免地,帕洛玛萌生了提笔写作的念头。

尼娜激动得快蹦了起来,终于要进入正题了!

刚开始的时候,帕洛玛只是随心所欲地创作,并不怎么在意形式。在几个月的笨拙尝试后,她开始打磨写作技巧,而这让她收获了惊喜:她发现自己很有创作天赋。尽管如此,她仍有很多东西要学——她必须不断练习,读更多的书,她之前读的那些还远远不够。但不管怎么说,她很有才华。这让帕洛玛喜不自胜,甚至一度忘记了要谨慎,她兴奋地把这个发现告诉了正准备去海边度假的父母和哥哥。

"糟糕透顶的选择。"尼娜毫不客气地指出。

"知道吗,我绝对不会和你一起去看电影。"奥利维对她说,"你和那些总是大声评论剧情的人没什么两样!"

尼娜朝他吐了吐舌头。克莱丽娅太太笑了起来。

"的确,这是一个糟糕的选择,我同意你的看法。你们应该能够想象,帕洛玛把这个发现告诉她的家人时,气氛变得有多么冰冷。他们读了她的作品,认为那些东西实在有失体统。"

那时的帕洛玛已经是个大女孩了,但她还是受到了惩罚。他们彻底剥夺了她写作的权利,认为写作绝不是一个女人该做的事,永远都不是。"

"可我妈妈就是一个作家。"奥利维提出了异议,克莱丽娅太太的这番话让他感到震惊。

"是啊,但是要做到这一点需要付出很多努力,需要不断地抗争。你们听说过弗吉尼亚·伍尔夫吗?"

尼娜和奥利维摇了摇头。

"她是英国著名的小说家和散文家。她写了一本书,叫作《一间自己的房间》。在她看来,女性一直没能获得经济上的独立,总是被困在家庭之中,过着懵懂无知的生活,这让她们无法拥有自己的空间——一个不受打扰,可供她们自由创作的房间。一直以来,那都是男人们的专属。"

"为什么?"

"因为是男性在主导一切,他们希望维持现状。这就是为什么很长一段时间以来只有男性作家,或者说绝大部分作家都是男性的原因。"

克莱丽娅太太停顿了一下,确保两人明白了她的意思。然后她继续说下去:"帕洛玛被迫放弃了自己的理想,但你们要知道,

永不结束的夏天
I GIARDINI DEGLI ALTRI

在那个年代，世界上已经涌现出了不少女性作家。在此之前虽然也有一些，但出于刚才我告诉你们的原因，女性作家一直都是凤毛麟角。社会在进步，但改变的过程总是无比艰难，有时候人们会遇到阻碍，这让他们无法再继续向前。"

帕洛玛的父亲并没有把这个插曲太当一回事，他觉得那只是小女孩在使小性子而已，等她长大了自然就会好了。正因为如此，帕洛玛父亲在世的时候，家里的气氛并不是那么紧张。但在帕洛玛十五岁那年，她的父亲因为心脏病去世了，从那时候起，帕洛玛的处境变得越来越糟。

就在这时，电话突然响了起来。三人都被吓了一跳。

"稍等我一下。"克莱丽娅太太一边说，一边奔向了电话机。她背对着尼娜和奥利维，压低了声音，语气热烈地同对方攀谈着。

尼娜和奥利维安静地等在一旁，都在回想刚才听到的故事。奥利维无意间抬起头，他的视线落在厨房的挂钟上，顿时吓了一跳。

"已经这么晚了！"

"是啊。"尼娜点点头,"我看,我们还是下次再来吧。"

等到克莱丽娅太太挂断电话,他们向她告了别。当然,两人也不忘请求克莱丽娅太太,希望在她方便的时候,能够听完剩下的故事。

"我很乐意,孩子们。"克莱丽娅太太笑着说,"只是明天我得和我的外孙们去海边,整个周末都会待在那儿。尼娜,你能给我你家的电话号码吗?这样等我回来就能立刻联系你。我们可以定一个时间,开始帕洛玛奇妙历险的下一集。"

第十章
别人的花园

奥利维坚信,"欢乐之匣"里的那把钥匙和宝藏有关,它的外形和那些能打开宝藏盒的钥匙非常相似。

他从没见过宝藏盒,但他读过不少海盗寻宝的故事,在这方面他自认为是个行家。

"她说她把灵魂放进了匣子里,是什么意思?"某天,他们再度打开了"欢乐之匣"。检查里面的物品时,奥利维说出了心中的疑问。

"可能是那本标本集。"尼娜的声音饱含同情,"她很喜欢植物。"

"嗯,有可能……"

奥利维重新翻开了笔记本，仿佛他们一直寻找的秘密就藏在那一页页笔记中，随时都可能蹦出来，奇迹般地出现在他们眼前。他们已经读完了整本笔记，并且把笔记中零散的信息和克莱丽娅太太讲的故事拼凑到了一起。他们感觉和帕洛玛的距离更近了，似乎只差一步，帕洛玛就会立刻出现，和他们坐在一起谈天说地。

"真想马上知道后来发生了什么。"奥利维说，"你觉得她为什么会来庄园？笔记里说了，是她妈妈送她来的，但原因是什么？"

尼娜耸了耸肩。

"她爸爸去世之后家里的情况变得很糟，或许她妈妈只是单纯地想要摆脱她。"

"就像高速公路上那些被抛弃的小狗？"

"就像那样。"

奥利维抿了抿嘴唇。

"等克莱丽娅太太回来我们就知道了。"他一边说，一边拿起匣子里的墨水瓶，摇晃了几下，"也不知道这些墨水还能不能用。

或许可以，如果我加点水进去……"

"你可别乱来。"尼娜担忧地说。

"不会的，放心吧。你等我一下！"

奥利维下了楼，走进一层的厨房，他很小心地拧开水龙头，让水滴进墨水瓶里。之后他轻轻晃动着瓶子，来到客厅的电话旁，扯下了一张便利贴。做完这一切后，他返回二楼，在尼娜将信将疑的目光中，把墨水瓶放到了靠墙的书桌上，冲着尼娜神气地一笑。

"桂冠诗人但丁在此！"

他把便利贴贴在桌面上，将笔尖蘸了蘸墨水。他试着写了几笔——他很绅士地选择了尼娜的名字，而不是他自己的——可惜墨水实在太过陈旧，根本写不成字，笔尖移过的地方只留下了颗粒状的蓝色洇痕。

"真遗憾。"他小声嘟囔着，把东西放回了原处。

尼娜重重地推了他一把。

"你难道想学你妈妈，当一个作家？"

"饶了我吧！"

"那你长大了想做什么？"

奥利维的脸红了起来。

"不知道,我根本没想过这个问题。"

"好吧,如果我告诉你,我每五分钟就会改变一次主意,你会不会觉得好一点儿？不过我最想做的还是兽医。"

那一天,他们很难得地把帕洛玛这个话题放到了一边。

但是当夜幕降临,沉睡的思绪被唤醒,再度翻涌了上来。奥利维的脑海中不断回荡着他们在笔记里读到的话：这世上根本没有什么"如果"；把孩子带到这个世界上,意味着扛起许多责任。

他想了很多很多,以至于有些头疼。妈妈在一旁静静地看着他,忧心忡忡。

在他准备上床睡觉的时候,妈妈跟着他进了房间,坐到了床沿上。

"遇到了什么烦心事吗,宝贝？"

奥利维耸耸肩膀,把被子拉到了下巴颏儿。

"我在想'如果'。"

妈妈笑着摇了摇头。

"什么?"

"没什么。"

妈妈把手伸进被子,握住了他的手。

"你是在想,事情会变成什么样,对吗?"

奥利维惊讶地望着妈妈。为什么她总能够瞬间抓住重点?有时候连他自己都无法描述出来的事情,她又是怎么领会到的?

于是奥利维问了她一个很难的问题。

"你觉得爸爸是不是不喜欢我,他是不是不喜欢我本来的样子?"奥利维问道,他引用了帕洛玛的话。

妈妈的表情突然由晴转阴。

"噢,奥利维。"

她躺到奥利维身边,环住了他的肩膀。她轻拥着奥利维,模样就像一只考拉。奥利维没有拒绝,尽管平时他对这些亲密的举动避之不及。妈妈将脸凑近他。

"爸爸并不讨厌你。他只是很生我的气……和你没什么关系。"

"我知道他不讨厌我。可我问你的不是这个,我问的是他喜不喜欢我。"

"他并不怎么了解你,奥利维,所以很难说得清楚。或许某一天,当他接受了某些事之后,他会想要了解你。他会看到你本来的样子,就像你说的那样,我想他肯定会喜欢你的。"

这个答案对奥利维来说并不够。他觉得胃里沉甸甸的。

"可是,可是……"他固执地说,"他和我们在一起那么多年。我了解他,至少我是这么觉得的。为什么他会不了解我?他明明和我一起生活。"

妈妈再次开口时,声音变得有些沙哑。

"有时候,如果你和自己都无法相处,会很难去思考自己爱谁。这需要学习,并不是人人都能做到。"

"他没有扛起责任。"

奥利维再次引用了帕洛玛的话,从他听到那些话开始,它们就深深地扎根在了他的脑海中。

"是的,的确。"妈妈谨慎地说,"可能他并没有准备好成为一个父亲。要知道,有一些人,他们并不适合为人父母,这不是他们

的错,因为他们天生就是如此。只是有时候他们碰巧成了父亲或者母亲,但又不知道该怎么扮演这个角色。"

"那你们为什么不事先考虑清楚呢?"奥利维无奈地说。

"千万别这么讲。我爱你,一直都很爱你,我的丑疙瘩。"

妈妈不住地亲吻奥利维。奥利维笑着想要推开她。

"咦!你黏糊糊的!"

"是啊,是啊!我是亲亲大魔王,只要这张嘴在,就要一直折磨你!"

把奥利维欺负了个够呛,妈妈倒回床上,心满意足地喘着气。等到重新调整好呼吸,妈妈用手肘撑起身体,转向了奥利维。

"不只是这个,对不对?我看你最近一直心事重重。"

"嗯,发生了一件事……我认识了一个人。"奥利维小心地措辞,"她经历的一些事……还有她的感受,让我很难过。"

惆怅的感觉再次向他袭来。

"我宁愿不知道那些事。认识她,我说不清是不是真的开心。"

他觉得自己就像一个叛徒,不过反正帕洛玛不在这儿,也听不见他的话……至少看起来是这样的。

在回答他之前,妈妈思考了很久。

"我也说不好,奥利维。走进别人的花园,总是很难很难。踏进那扇门,可能会让你受伤,又或许你并不想欣赏里面的景色。有时候那里长满了荆棘,但又不乏一些美丽、特别的东西。在那个人的花园里,你看到了什么美丽又特别的东西吗?"

"看到了。"奥利维轻声回答。

"那就没理由说不想认识她了。这就是意义所在。这就够了。"

好事或许总是多磨,困扰着奥利维的问题还是没能解决。不过奥利维却感觉好多了,他放松了不少,胃部的不适感也消失了。妈妈并没有离开,而是和他睡在了一起。奥利维没有拒绝,虽然他已经长大了,早过了向妈妈撒娇的年龄。他是真心希望妈妈留在这里。

伴着妈妈轻柔的呼吸声,奥利维很快沉入了梦乡。

他站在庄园里,好像从未离开过一样。珍奇馆的门虚掩着,随着他的靠近,大门竟然神奇地打开了。珍奇馆的模样变了,不再像他们刚发现它时那般阴郁晦暗：所有的窗户都敞开着，云雾般的金色花粉从窗外飘洒进来，随之而来的还有鸟儿的啼鸣，以及在椴树枝杈间劳作的蜜蜂的嗡嗡声。原本靠墙的书桌出现在了房间中央，桌前坐着一个女孩。

奥利维愣在了门边。女孩将头埋在厚厚的文件夹前，不停地在纸上写着什么。她手中的笔……奥利维一眼就认了出来，正是他们在"欢乐之匣"里找到的那一支。几个小时前，他还把玩过它，试着用它写字。椅子的扶手上挂着一顶装点着玫瑰色饰带的草帽。

女孩抬起头，对奥利维露出了笑容。她有一头乱蓬蓬的灰金色长发——一些垂落在胸前，一些披散在背上——和一张苍白的、圆圆的脸庞。她的脸颊微微泛红，一双眼睛里盛着笑意。她的年纪应该不超过十五或者十六岁。"帕洛玛？"奥利维的心里浮起这个念头，女孩脸上的笑容变得更深了。她穿着绿色衣服，看起来就像一个树精灵，奥利维第一次见到尼娜时，也曾产生过这种感觉。

"大地之心。"帕洛玛开口说道，她的声音甜美悦耳，"大地之心。"

　　奥利维猛地惊醒过来。黑暗中,妈妈安睡的身影映入他的眼帘。奥利维盯着天花板,过了很久很久,才再次睡了过去。

第十一章
未完待续的故事

第二天,冷静下来的奥利维试着推测:他触碰过帕洛玛的钢笔,用她的墨水写过字,或许是这个举动把他们联结到了一起,在他们之间打开了一条交流的通道。不过目前看来,这条通道似乎只有在梦里才会出现。

尼娜对他的看法表示赞同。

"大地之心……"尼娜思索着,她脸上的雀斑因为专注而闪闪发光,"她指的是什么?难道说宝藏就埋在花园里?"

奥利维觉得答案恐怕没有这么简单。尽管这个"简单"意味着他们需要在半个网球场那么大的花园里搜寻翻找。

不过在他们抵达椴树庄园后,这个问题便退居其次了。玛戈王后好像凭空消失了,它并没有像往常那样出现在门口,迎接他们的到来。他们试着呼唤它的名字,却没有得到任何回应。不论尼娜和奥利维怎么高声叫喊,玛戈王后一直都没有出现。时间一分一秒地过去,尼娜变得愈发不安。

"它会去哪儿?天哪……查巴纳先生把它托付给了我,可我却把它弄丢了!"

"你先别急。它可能昨晚跑出去捕猎了,现在还在林子里转悠呢,之前不是也发生过嘛。"

"是啊,可是平时到了饭点它都会回来!"

在半个小时的寻找后,尼娜的焦虑达到了顶点,她已经无法控制自己的情绪了。奥利维强迫她坐下来,给她倒了杯水。

"喝点水,会好一点儿!"奥利维对尼娜说。

尼娜抽泣着,点了点头。

"还有,别哭了!"

谁想他的话却起了反作用,尼娜的眼泪汹涌而出。奥利维沮丧地站在一旁,希望她能平静下来。他默默地等待了一会儿,随后离开了房间。几分钟后,他重新出现在尼娜面前,嘴角噙着一

抹狡黠的笑意。

"我有个好消息要告诉你。"

尼娜双眼一亮，从椅子上蹦了起来。

"真的吗？你找到它了？"

"是的，我找到它了……它，还有它的王位继承人们。"

尼娜的表情有些迷茫，但是下一秒，她的疑惑就烟消云散了。她张大了嘴巴，一双眼睛瞪得圆圆的。

"噢，我的天哪！"尼娜叫道，欣喜若狂。他们一齐冲出了门，跑向庄园后面园丁的棚屋，玛戈王后就藏在那里。在各式各样的工具之间，他们看到了玛戈王后的身影，和它在一起的还有四只刚出生的小猫，它们已经被舔得干干净净，就像还没睁开眼睛的小老鼠，在妈妈怀里蹭来蹭去。小猫中有两只是灰色的，一只红色的，还有一只和妈妈一样金白相间。玛戈王后骄傲地望着两位访客，像是在说："怎么样，我做得还不赖吧？"

"难怪它肚子会鼓起来！"奥利维说。

尼娜抬起手肘，碰了碰他。

"我还想着做兽医呢，可我居然都没发现。"

为了看清小猫,尼娜蹲下了身,她又发出了杓鹬啼叫似的笑声。奥利维偷偷地瞧着她,他觉得自己永远也不会忘记这个早晨。

一连好几个小时,他们都趴在地上,照顾着玛戈王后和它的小猫。他们把盛着食物和清水的碗端到了棚屋,这样玛戈王后就不用离开它的孩子了。尼娜跑回家里,取来了干净的被褥,给小猫做了一个干净柔软的小窝。

在某个瞬间,尼娜想起她还有一件很重要的事没有告诉奥利维。她本想今早见面时对奥利维说的,却被这些突然到来的小猫分散了注意力。

"昨天晚上克莱丽娅太太给我打电话,她已经回家啦!她邀请我们去喝下午茶,我答应了她。"

说到做到。他们再度回到了那栋种满锦葵的小别墅,不过这一回,克莱丽娅太太已经在等着他们了。

尼娜刚刚摁响门铃,大门就打开了,克莱丽娅太太似乎比他们还要迫不及待。

"欢迎回来！我给你们准备了一个很棒的酸奶蛋糕，新鲜出炉，你们谁想来一块？"

"我要！"

"我也要！"

厨房里充盈着甜点的香味。这些点心软乎乎的，几乎承受不住餐刀的重量。厨房的桌上摆着一壶柠檬水，一罐黄奶油和撒满各色糖霜、点缀着蛋白酥的美味松饼。尼娜和奥利维开心得快要飞起来了。

"克莱丽娅太太，您真是太了不起了！"尼娜由衷地赞叹道。

和往常一样，克莱丽娅太太依旧保持着她的幽默感。

"你这样夸我会让我害羞的，小尼娜。"

蛋糕非常可口，奶油入口即化，还有松饼，真是美味极了！尼娜和奥利维几乎忘记了他们此行的目的，还是克莱丽娅太太提醒了他们。

"我该给你们继续讲帕洛玛的故事，对吗？"

有那么一瞬间，克莱丽娅太太的脸上似乎闪过了一丝阴霾。奥利维看了看尼娜，想知道是不是只有他注意到了这一点，可尼娜在专心对付着她的第三块松饼。

当奥利维再次把视线投向克莱丽娅太太的时候,她已经露出酒窝,再一次微笑起来,这让奥利维觉得或许是他弄错了。

"没错。"奥利维满怀期待地回答。

嘴里塞满食物的尼娜跟着点了点头。

"好的,好的……我们上回说到帕洛玛的父亲。她父亲去世之后,帕洛玛和她母亲每天都在争吵,情况变得非常糟糕。我之前讲过,那时候帕洛玛的哥哥已经离开了家,家里只剩下帕洛玛和她母亲两个人,冲突变得不可避免。帕洛玛的母亲没法儿再回避自己的小女儿,她不得不开始正视她。"

"可怜的帕洛玛。"尼娜不无同情地说道。

克莱丽娅太太露出一丝苦笑。

"是啊。这可苦了帕洛玛。"

"她为什么就不能稍微改变一下,试着去理解帕洛玛呢?帕洛玛真的有那么可怕吗?"奥利维高声说道,他被自己突然爆发的情绪吓了一跳。

克莱丽娅太太叹了口气。

奥利维说得没错，不过事情远没有这么简单。在克莱丽娅太太看来，帕洛玛的母亲不只是不喜欢自己的女儿，从某种意义上来说，她其实是在害怕——因为帕洛玛让她感到恐惧。帕洛玛的母亲从小接受的教育让她脑子里充斥着各种荒唐可笑的观念，她无法接受帕洛玛的"古怪之处"，倒也并非都是她的过错。在那个年代，人们依旧相当迷信，特别是在有关女性的问题上，就连上层社会的精英也不能免俗。身为女性，帕洛玛居然投身写作，这对帕洛玛的母亲来说绝对是无法接受的，在她眼中，帕洛玛简直和女巫没什么两样。

尼娜忍不住笑了。

"这也太夸张了吧？"

的确，这太夸张了，但帕洛玛的个性不可避免地让她成了被攻击的靶子。

帕洛玛父亲去世半年后，也就是1905年2月，在帕洛玛十六岁生日前夕，帕洛玛的母亲做出了决定：她要把帕洛玛送出家门，归期不定。帕洛玛被送到了椴树庄园，她的姨妈和姨父住在那里，那是一对温和客气却又刻板乏味的老夫妻。

"就是我外祖母的雇主。"克莱丽娅太太解释道。她略作思索，才又开口说道："我们出去走走，怎么样？我想一边走一边聊。"

奥利维能够感觉到，克莱丽娅太太的情绪又变得低落起来，他暗自揣测着其中原因。尽管如此，他和尼娜还是跟随着克莱丽娅太太，踏上了田野间一条蜿蜒的小路。小路朝着与"绿屋"相反的方向延伸，克莱丽娅太太做了一个深呼吸，这让她的情绪缓和了不少。她垂下目光，温柔地看向尼娜和奥利维。

"说到这儿，如果你们不介意的话，我想讲讲我的外祖母阿德莱。其实，她也是个很有故事的人。"

克莱丽娅太太非常敬爱自己的外祖母。她的外祖母积极乐观，总是充满活力。虽然一辈子都在为生活奔波，可她非但没有丝毫怨恨，反而深爱着这个世界。她并不像那些刻薄的老妇人，总是粗暴地对待自己的孩子，朝他们大吼大叫，也不会整日伤春悲秋，缅怀那些逝去的美好时光。对阿德莱来说，可不存在什么美好的时光：那些为别人擦洗地板，累得直不起腰的日子；那些没有别的食物可以充饥，一连好几个星期都只能用土豆果腹，吃

得恶心想吐的日子；还有那些一旦收成不好，整个冬天就只能忍饥挨饿的日子，它们才是她真正经历过的时光。

面对这样的生活，阿德莱依旧慷慨乐观。克莱丽娅太太深信，她的外祖母一定从小就是如此。

"如果一个人到了七十岁也依旧保持着幽默感，那她二十岁的时候肯定也是这样。"

阿德莱去椴树庄园做女佣的时候，还只是一个小女孩。她的雇主待她不错，但雇主毕竟是雇主，而且庄园的生活枯燥至极。

"他们人怎么样，帕洛玛的姨父姨妈？"尼娜问道。

"我之前说过，相当乏味无趣。我外祖母很少跟我提起他们，这已经很能说明问题了。她记性很好，就算过了很多年，其他人的点点滴滴她依旧记得一清二楚。所以说，那两位雇主肯定没给她留下什么深刻的印象。要知道她可是在那里工作了很长时间。不过她对帕洛玛的记忆却很清晰，她清楚地记得她刚到庄园时的情景。这点毋庸置疑。"

那天，一个神色黯然的金发女孩走进了庄园，她的身边跟着一位很有气场的女人，她就是阿德莱雇主的妹妹。阿德莱只见过那位女士几次，却对她怀有一种敬畏感。那是位城里来的贵妇人。她的声音响亮严厉，她甚至没有摘掉帽子，没有留下来喝上一杯茶。她似乎迫不及待地想要离开庄园，离开她的女儿和那一地的行李。

阿德莱很快意识到，帕洛玛并不像她以为的那样只是个普通小孩儿，阿德莱好几次看到她脸上露出狡黠的表情，这不禁引发了她的好奇：这个小女孩到底有什么来头？此外，当时的阿德莱不过二十一岁，在过去的八年时间里，她只与两位老人朝夕相伴，如今出现了一位和她年纪相仿的女孩，她会生出与其结交的念头，也在情理之中。

就这样，两个女孩很快成了朋友。在阿德莱面前，帕洛玛从不会表现得高人一等，这让阿德莱更加喜爱她。她总是认真倾听阿德莱讲话，在此之前可从没有人这样做过。阿德莱和帕洛玛聊起了自己的家庭，她的兄弟姐妹，村里的各色庆典，还有田野间的四季变换，帕洛玛似乎真的打心底对这些事感到好奇。

帕洛玛是个相当古怪的女孩。她整天要么在树林间游荡，要么待在花园里劳作，她刚到庄园就立刻爱上了那里。不过更多时

候,她就像一个短暂存在的肥皂泡,会一连消失好几个小时,然后在晚餐时间才出现。

奥利维朝尼娜眨了眨眼。他们很清楚帕洛玛去了哪里。她一定是在珍奇馆!

在她的姨父姨妈面前,帕洛玛总是一副呆板木然的表情,这多少让他们觉得她不怎么机灵。他们非常好奇,这个小女孩到底有什么地方那么可怕,以至于被她的母亲撵出了家门。可帕洛玛却从不开口说话。

和其他人不同,阿德莱一直在努力地了解帕洛玛。终于,卸下心防的帕洛玛开始向阿德莱讲述自己的事,讲她的童年时光,还有她最爱的德国保姆。克莱丽娅太太说给尼娜和奥利维听的这些事,都是那时候帕洛玛告诉阿德莱的。

椴树庄园本该是帕洛玛自省的地方,却成了她坎坷的人生之路上一处安宁的避风港。

"这一点你们已经知道了,毕竟你们读过帕洛玛的笔记,你们肯定比我更了解她的感受。"

"没错。"尼娜得意扬扬地说,"摆脱了那个恶毒的母亲,她终于能做自己想做的事了。"

的确如此。帕洛玛感觉第一次获得了自由，就像伍尔夫女士说的那样，她拥有了自己的花园和自己的房间。帕洛玛在椴树庄园度过了一段幸福的时光，虽然这份幸福只持续了短短一年半的时间。

克莱丽娅太太没有继续说下去，她将手插进牛仔裤的口袋里，抬头望向了天空。整整一分钟，她都保持着这样的姿势。她究竟在想些什么？

"然后呢？"奥利维低声问道。

"到这里，其实故事已经快结束了。"克莱丽娅太太回答，她依旧望着天空，没有收回目光。

尼娜和奥利维紧张地等待着。拖拉机的轰鸣声从不远处传来。

"你们是很善良的孩子。这是我的真心话。你们这么关心帕洛玛，真的很了不起。或许正是因为这样，她才选中了你们，和你们交流，因为她知道，你们是特别的……"

尼娜朝奥利维挑了挑眉。可是克莱丽娅太太似乎猜到了这

一点，她就这么直白地说了出来，仿佛这是一件再正常不过的事情。

"正因为你们是这么好的孩子，我才不忍心继续讲下去。我不想告诉你们故事的结局，那太让人难过，太让人不甘心了。"

奥利维终于明白过来，是什么在一直困扰着克莱丽娅太太。

"故事绝不该是这样的结局。"克莱丽娅太太又补上一句。

尼娜似猫一样的眼睛眯起又睁开。

"什么意思……"她小心翼翼地问道。

第十二章
因为我们与众不同

短暂停顿后,克莱丽娅太太继续说下去:"1906年10月,在椴树庄园度过一年半的时光后,帕洛玛被接回了家。她的处境并没有怎么好转,但她不再像以前那样和她母亲针锋相对了,这让她的日子好过了一些。虽然如此,她的人生依旧没能迎来转机,她不得不继续忍受着,待在那片屋檐之下。她不能选择自己想要的生活,不能提笔写作,不能出门旅行,只能和孤独为伴,悲伤度日,郁郁寡欢。这种灰暗单调的生活持续了好几年,然后……"

克莱丽娅太太犹豫地止住了话头。

"然后?"奥利维追问道,声音微微颤抖。

"虽然在我们看来有些不可思议,但要知道,在那个年代,人

们常会因为感染麻疹、风疹、白喉……或者肺炎而去世，那时候不像现在，有各种各样的疫苗和药品。"

尼娜的眼泪涌了出来。她就那么无声地哭泣着，连表情都没有变化。

"我外祖母嫁了人，她离开了椴树庄园，跟着她的丈夫，也就是我的外祖父去了城里。那时他们已经有了一个儿子……是我母亲的大哥。他们在那儿生活了十多年，直到战争结束才又回到了这里，和他们的祖辈一样，耕地务农。嗯，简单点说，我外祖母还在城里的时候，去找过帕洛玛几次，看到她那么失意落魄，我外祖母非常难过。那可是帕洛玛啊！我外祖母的一个邻居在帕洛玛住的那片街区打扫卫生，一天，我外祖母从她那儿得知帕洛玛患上了肺炎。她立刻去探望了帕洛玛，但帕洛玛一直高烧不退，连开口讲话都很困难……可怜的孩子。尽管如此，我外祖母依旧每天去陪伴她，直到帕洛玛病情恶化。那是一个冬天，帕洛玛刚满二十岁。一直以来，只有一位陌生的护士照顾着帕洛玛，对我外祖母来说，她唯一能做的就是不让帕洛玛孤单一人，她希望帕洛玛能够感受到这一点。帕洛玛去世后，被葬在了城中的一处公墓,虽然有很大可能那并不是她本人的意愿。"

克莱丽娅太太举起双手,做出了一个投降的动作。

"好了,这就是故事的全部。我真的很抱歉。"

"怎么可能……她就这么死了?以这种荒唐的方式?"

奥利维简直不能相信。那个叛逆的天才作家帕洛玛,那个隐藏秘密、发现了珍奇馆的帕洛玛,就这样去世了?

当意识到自己也在哭泣时,奥利维吓了一跳。

克莱丽娅太太悲伤地看着他们。大多数时候,死亡就是这么荒唐,这么不公平。但她并没有把这些说出来。此时此刻,保持沉默似乎是最好的选择。尼娜向克莱丽娅太太张开双臂,克莱丽娅太太将她搂进怀里,抚摸着她的头发。尼娜紧紧抱着克莱丽娅太太,就像小猫紧贴着它的母亲。

"嘘,嘘……"克莱丽娅太太轻声哄着尼娜,她哼出的调子就像一首摇篮曲。

远处,拖拉机的轰鸣声消失了。

克莱丽娅太太用另一只手抱住了奥利维,奥利维温顺地依偎着她。

"走吧,我们回家。"

回到家,克莱丽娅太太泡了一壶热茶。他们沉默地喝着茶,都觉得疲惫不堪,仿佛刚刚结束了一场激烈的赛跑。

"我不想让你们这么难过。"最终,克莱丽娅太太打破了沉默。

"您别这么说,"尼娜说,"是我们想知道所有的事。"

"等你们弄明白帕洛玛找你们的原因,一定要回来告诉我。就算没什么事,也欢迎你们来做客,我会给你们准备好吃的。"

尼娜和奥利维踏上了回家的路。最初,他们离得远远的,都在回避对方的目光。慢慢地,他们的距离变得越来越近,越来越近,当他们快到家时,已经搭着彼此的肩膀了。

此时还不到晚饭时间,他们不想见到任何人,只想独自静一静。

他们面对面坐下来,很长一段时间都没有说话。尼娜用石子儿堆了一座小塔,她终于开了口:"你应该知道为什么会这样了吧?"

"不知道,我从没想过这个问题。"

"你还记得我们第一次结伴去庄园的那天吗？钟就是从那时候走起来的，屋里的一切也是从那时候苏醒过来的。之前我一个人去那儿的时候，根本没有发生任何事。"

奥利维不明白尼娜到底想要表达什么。"我们结伴去那儿的时候？"他重复道，语气中带着一丝疑惑。

"你还不明白吗？一切就是从那时候开始的。并不像克莱丽娅太太说的那样，因为我们与众不同，而是因为我们有着相似的地方。我，你，还有她。"

他们望着对方。

"因为我们和帕洛玛很像？"奥利维喃喃道。

没错。虽然他们的情况各不相同，但他们都被亲近的人抛弃过。此刻，尼娜大声地把答案说了出来，其中的缘由显而易见，奥利维不禁有些懊恼，为什么他之前没能想到这一点。

"没错，她一定感受到了。她来找我们，是因为她知道我们能够理解她。因为我们明白那种……被抛弃的滋味。"

尼娜的呼吸变得沉重。

"因为我们明白……孤独的滋味，我们明白……世界破碎的

感觉。"

这是尼娜今天第三次流泪,也是她哭得最伤心的一次。她弯下腰,悲伤地呜咽起来。奥利维不知道该怎么安慰她,尼娜的这番话同样让他感到痛苦。他只能坐在一旁,沉浸在悲伤之中。

尼娜哭了很久。渐渐地,她沉重的呜咽声低了下来,变成了轻轻的啜泣。她的胸口不再剧烈地起伏,她抬起了沾满泪痕的脸庞。

"而且,"尼娜抽抽搭搭地说,她抬手擦了擦鼻涕,"我们还没弄明白宝藏在哪儿呢。"

奥利维忍不住笑了,尼娜也跟着笑出了声,她的脸上依旧挂着泪水。

"那已经不重要了。"奥利维说。

"真的吗?"

是的,不重要了。因为他们已经找到了真相。

"尼娜,我们回家吧。"

第十三章
大 地 之 心

尼娜曾和爸爸、阿格拉雅玩过一次拼图游戏。那是她第一次玩成人拼图，也是她玩过的最难的拼图：原画是一座莫斯科教堂，教堂有许多洋葱式圆顶，上面装饰着五颜六色的花纹。在此之前，她已经完成了几十幅拼图——在送什么东西作为她的生日礼物这一点上，她的爷爷奶奶和叔伯姑妈们一直都没什么新意。相较而言，那些拼图要简单许多：要么是迪士尼动画片中的角色，她只需瞧上一眼就能把它们还原出来；要么是一些很有辨识度的风景，拼起来更是易如反掌。但那幅成人拼图却难住了她，她不知道该把手中的碎片放到哪个位置。那些花纹变化莫测，毫无规律可言，她无法从剩下的众多碎片中甄选出与之匹配的那一块。

在尼娜看来，这很像她和她那古怪家庭的写照。她需要还原一幅拼图，但其中的一些碎片却是全新的，她从未见过，既无法辨识它们，更无法将它们摆放到正确的位置上。那些来自继母的晚安吻，那些和熟悉又陌生的人共度的日日夜夜，那些让她觉得自己仿佛是个局外人的生活，不正是如此吗？

其实尼娜心里很清楚，她这么想是在犯傻。阿格拉雅对她视如己出——她的两个孩子是尼娜的弟弟妹妹，他们是连接她和尼娜的纽带——天底下似乎再没有比这更简单也更复杂的事了。虽然明白这个道理，尼娜还是不知道怎么和阿格拉雅相处，怎么接纳一个和她没有血缘关系，却和弟弟妹妹关系亲密的人。阿格拉雅不属于她，阿格拉雅属于塔蒂和安德烈。难道不是吗？爸爸告诉她，不是这样的，阿格拉雅和他一样，属于他们三姐弟，属于他们每个人。然而爸爸不知道的是，这一点同样让尼娜感到痛苦。曾经的爸爸只属于她一个人，就如同她是爸爸的全部。可是现在，她不得不和其他人分享爸爸，她不再是爸爸偏爱的那个人了。

除此之外，还有一块碎片让尼娜感到烦恼，她不知道该把它放到哪个位置。那块碎片代表着她的亲生母亲。它和拼图中的其他碎片都不匹配，最终，尼娜把它放到了一旁。为了填补那块碎片造成的空缺，尼娜用了许多方法，更确切地说，在日复一日的拼装中，她一直都在不停地尝试，试图用别的碎片代替它的位置。那处黑黝黝的空缺就像某座废弃房屋的窗户，总是直愣愣地瞪着她。好在一直有人陪伴她，和她一起面对那道空洞的目光。

有些事情真的很难，很难让人习惯。

距离他们第二次拜访克莱丽娅太太已经过去了好几天。尼娜和奥利维没有再去珍奇馆，他们每天只是例行前往棚屋，去给玛戈王后喂食，确保小猫都在健康地成长。最近两天阴雨不断，除了一起去喂玛戈王后外，尼娜和奥利维再没有碰面。他们都在焦急地等待着即将返程的查巴纳先生，等着他回来，给这一切画上一个句号。

在这样的情况下，尼娜的心情十分低落。有一天，吃完晚饭后不久她就上床休息了。她不想和其他人待在一起，只想独自一

人躲在房间里,吃着藏在床垫下的零食,消解内心的悲伤。

她背靠枕头,读起了书。大约半小时后,卧室的门被推开了一条缝,是阿格拉雅来了。

"我能进来吗?"她问道。

尼娜把书放到了腿上。

"当然。"

阿格拉雅走进了房间。她并没有坐下,相反,她叉起了腰,对尼娜说道:"亲爱的,或许你该跟我说说,你那顽固的小脑瓜儿里在打些什么主意。"

"我什么主意都没打。"尼娜理直气壮地回答。

"哦,是吗?可你就像口高压锅,每天唉声叹气,从一个房间游荡到另一个房间。"阿格拉雅笑了,她的声音变得温柔起来,"如果你愿意告诉我,我会很乐意倾听,你知道的。当然了,你爸爸也是一样。"

尼娜耸了耸肩,她当然知道。不过,此刻听阿格拉雅讲出来,感觉倒还真不赖。阿格拉雅吻了吻她,又给了她一个拥抱。这并不是通常的那种晚安吻,但不管怎么说,接受一个完全属于自己的亲吻和拥抱,感觉确实挺棒。

阿格拉雅站起身,朝着门口走去。在她快要踏出门的那一刻,尼娜叫住了她:"阿格拉雅?"

"怎么了?"

"我之后会告诉你的。我保证。但是在此之前……我想先自己解决这件事。"

"当然。"阿格拉雅露出了笑容。

她走了出去,阖上了房门。

尼娜做了一个梦。

她梦到自己走出房门,来到了阳台上。夜已经很深,不远处的树林沐浴在月光里。她依旧穿着睡前换上的那套天蓝色睡衣,赤着脚,踏过被露水打湿的草地,来到了树林边缘。映入眼帘的景象让她迟疑地停下了脚步。她惊讶地看到,在一截树桩上,慢慢浮现出了一个用苔藓画的箭头。箭头指向树林,指着树林深处的某个方向。

她的双腿不受控制地迈开来。她不时停下脚步,观察着四

永不结束的夏天
I GIARDINI DEGLI ALTRI

周。很快,她又看到了一个熟悉的树桩。月光照亮了树桩上浮现的箭头。和刚才一样,箭头为她指引着方向。当她回过头,将视线再次投向那个树桩时,却再也找不到箭头的痕迹了。

顺着箭头的指示,尼娜走到了一片空地前,空地中央有一口井。她认识这个地方。那是口老井,在她出生前就已经废弃了,遮住井口的金属井盖上覆满了杂草。

她站在原地,屏住了呼吸。四周是如此安静,她甚至能听见自己急促的心跳声。

忽然,一朵又一朵鲜花从泥土里钻了出来。它们舒展花瓣,迎风招展,这里一株,那里一簇,就像一抹抹荡漾的七彩波浪,很快占据了整片空地。它们好似小小的哨兵,将老井围在当中,保护着它的安全。尼娜惊讶得张大了嘴巴。那些花她可一点儿也不陌生!牡丹、玫瑰、杜鹃、薰衣草……这简直就是椴树庄园花园的翻版!

然后,就像那毫无征兆的开始一样,群芳吐艳的奇景突然停了下来。一切复归寂静。尼娜眯起眼睛,目光重新落回了那口老井上。

大地之心。

对啊。她怎么那么傻,竟然没有想到这一点!

大地之心。

不就是指那口井嘛!

尼娜惊醒过来,她猛地从床上坐起,发现自己并没有离开卧室。周围的光线很暗,家里静悄悄的,没有一点儿声音。她看了看时间:凌晨三点。她不能再等下去了。

好在卧室是她单独所有,就算她半夜溜出家门,也不会有人发现。她从书桌抽屉里取出手电筒,穿上拖鞋,蹑手蹑脚地走到大门前。家里的门从不上锁,她像只敏捷的雪貂,飞快地溜了出去。直到走出好长一段距离,她才撒腿奔跑了起来。她要去奥利维家。

她知道奥利维的房间外有一棵花楸树,树枝一直伸向窗户。尼娜把手电筒塞进睡衣口袋,她敏捷地攀上树干,匍匐着爬过一截粗树枝,来到了奥利维的窗前。她看到了枕头上奥利维金色的脑袋。这个笨蛋,居然睡得这么香!要知道就在刚才,她已经找到

答案,成功解开了谜题!

尼娜重重地敲打着窗户,一下,两下,三下。

奥利维猛地惊醒过来,似乎吓得不轻。哪里来的声音?他从床上坐起,隐约看到窗外那张模糊的脸,又仔细一看,才发现那是穿着睡衣、趴在树枝上的尼娜,差点儿尖叫出声。尼娜飞快地比画着,示意奥利维打开窗户。奥利维心有余悸,却还是照着她的话做了。

"你疯了吗?"奥利维跪在床上,朝尼娜低吼。

"别废话了!"尼娜同样低声吼道,"快跟我来!"

"我得提醒你一句,现在可是半夜!"

"啊,是吗?我还以为是因为什么史无前例的月食,天才这么黑呢。噢,得了,赶紧出来!"

说完,尼娜笑了起来。

"再说,我还带着手电筒呢。"她补上一句,就好像这足以解决一切问题。

虽然满腹疑虑,但奥利维还是钻出窗户,爬上了树枝。

"你现在可以告诉我发生什么事了吧?"他没好气儿地问。

"我做了一个梦。"尼娜轻声回答。黑暗中,她的双眼闪闪发亮:"我已经知道宝藏在哪儿了。"

"什么?!"

尼娜飞快地复述了一遍她的梦。

"'大地之心',这下你明白了吧?宝藏肯定就在那儿。好了,我们先从这儿下去,免得被你妈妈发现。"

尼娜和奥利维跑进树林,树叶在他们周围沙沙作响。月色下,树梢泛着奶白色的光。此刻的奥利维已经睡意全无,他开始兴奋起来。

抵达空地后,尼娜停下了脚步,就像是在确认这一次她并不是身在梦中。之后,她朝奥利维点了点头,他们一齐走向那口老井。

"是锁着的。"看到井口的井盖,奥利维说,"怎么办?"

他微微探头,从井盖上的一个小孔朝里看,井下漆黑一片,根本望不到底,里面冷冰冰的,散发出一股地下室的味道。他打了个寒战,把头缩了回来。尼娜打开手电筒,探出身子,努力伸长了手。依旧什么也没有看见,连水的影子都没见着。手电筒的光

没入浓稠的黑暗中,就这么无声无息地消散了。

"要不我们试试,把井盖撬开?"尼娜迟疑道。

"好主意。你去找把钳子来,我们可得说到做到。"

"我更希望你闭上那张嘴。"

"听着,"奥利维不再和尼娜开玩笑,他恢复了严肃,"如果说这口井,这个'大地之心',只是一个参照物,而不是真正埋着宝藏的地方呢?我觉得,不管宝物是什么,帕洛玛应该都不会把它藏到井里,那太荒唐了。她根本没有下井的工具,而且井里那么湿,东西很可能坏掉。"

"只是个参照物吗?或许有这个可能。"

尼娜关了手电筒,向后退了一小步。

"就像是地图上的叉。"她有些心不在焉地喃喃自语,"这口井是中心。宝藏不在里面,而是……在它周围!"

一瞬间,仿佛有电流窜过他们的身体。尼娜和奥利维对望一眼,开始探查起老井四周的土地。他们已经相当肯定,宝藏就在这片空地的某处。可是究竟在哪里呢?他们没有看到任何地下埋有东西的提示。尼娜的手电筒照在银色的草地上,飞快地移动着。

突然,一抹小小的影子在旋花丛中一闪而过。尼娜立刻把手电筒对准了那个方向,随即发出了一声惊呼。可惜,那是一只田鼠,它抬起尖尖的鼻子,正盯着他们呢。但显然,他们没能引起它的兴趣,田鼠再次动了起来,它飞快地掠过草丛,只一眨眼的工夫,就消失在了他们的视线中。

尽管如此,尼娜和奥利维还是看清了它最后停留的地方:它钻进了一个小洞,消失在一处泥土和石头堆成的小丘前。尼娜重新打开手电筒,朝着洞口照去,眉头紧皱。

奥利维俯下身,仔细查看起这座形似鼹鼠窝的土丘。洞口比他想象的要大,几乎和他手掌一般大小。

他看了看尼娜,无奈地耸耸肩,动手挖了起来。很快,尼娜也在他身边蹲下,伸出灵巧的小手,为他提供帮助。

"要是有铲子就好了。"奥利维喘着气,"可我知道,我们得靠自己。"

尼娜冲他一笑,她的脸上沾满了泥土。

"我们一直不都是这样吗?"

永不结束的夏天
I GIARDINI DEGLI ALTRI

　　让他们意外的是，泥土下竟然是砌得整整齐齐的石头——这可不像是自然形成的。他们耐心地把石头一块块移开，又赤手挖开了下面的土层。此刻的他们，半个身子都探进了洞里。泥下又是一层石子儿，清理掉这层障碍物后，他们发现了一个土坑。坑很大，足以容纳一个小孩儿，形状也相当规整。他们的手指碰到了什么东西，不像泥土，也不是石头或者树根。尼娜屏住了呼吸，她站起身，一双手在睡衣上蹭了蹭，重新掏出了手电筒。

　　手电筒亮了起来。尼娜和奥利维紧张地对望了一眼，抑制住激动的心情，他们探出脑袋，小心翼翼地看向坑底。坑里躺着一个棕色皮革旅行包，包的提手已经腐朽，金色的带扣在手电筒的照射下闪闪发光。

　　尼娜长长地呼出一口气。

　　"找到它了。"

第十四章
重见天日的手稿

尼娜和奥利维可不喜欢猜谜,他们立刻把旅行包拖了出来,放到了草地上。包里装着一个用油布包裹的马口铁盒,盒子的棱角已经磨损,上面布满了锈斑。盒上挂着的小锁同样已锈迹斑斑,但想越过它直接掀开盒盖,却并不是件容易的事。

不过这可难不住奥利维,因为他已经知道该怎么做了。

"你回家去取椴树庄园的钥匙,"他对尼娜说,"我们得去一趟珍奇馆。"

"为什么?"

"因为'快乐之匣'里的那把钥匙,一定能打开这把锁!"

他们提起旅行包,抱着铁盒,跑向了尼娜家。尼娜溜进家门,

永不结束的夏天
I GIARDINI DEGLI ALTRI

取来了钥匙,他们一刻不停地直奔椴树庄园。已经过去了好几个小时,天快亮了,他们必须抓紧时间。

重新踏进珍奇馆的大门,他们的心底浮起了一丝异样的感觉,室内窗户紧闭,漆黑一片,这更加剧了他们的不安。在手电筒的帮助下,他们打开衣柜,找到"欢乐之匣",从里面取出了那把小巧神秘的钥匙。

他们盘起双腿,气喘吁吁地坐到了地板上。奥利维根本不敢去想,如果这把钥匙打不开铁盒上的锁,他会是怎样的心情。他们都不敢迈出那一步,去验证他们的猜想。最终,奥利维鼓起勇气,他偏过头,一把将钥匙插进了锁眼里。

一切似乎静止了。

"怎么样?"尼娜轻声问道。

咔嗒。虽然已经锈迹斑斑,但是钥匙转动起来并没有受到多少阻碍,锁应声而开。奥利维转过头,他看向铁盒,激动得快要哭出来。

他轻轻地打开盒盖,盒里装着一沓泛黄的纸,除此之外再无其他。尼娜疑惑地伸出手,摸了摸它们。随后,她拿起最上面的那一张,借着手电筒的光读道:"1906 年,我,帕洛玛·特德斯奇,把这些手稿封存在这处我深爱的地方。我这么做是为了保护它们免遭毒手,我不能把它们带回家去。一旦被带回家,它们很可能会被毁掉。这些手稿是我最珍贵的宝物,我恳请那些找到它们的人:如果某一天它们真的重见天日的话,希望你们悉心保存。椴树庄园,1906 年 9 月 18 日"。

后面还有一个难以辨认的签名。

"她的宝藏。"尼娜柔声说。

"我们下楼去吧。"一阵沉默后,奥利维说道,"这里真的太暗了。"

他们在黑暗中牵起对方的手,来到了房子一层的厨房。他们打开灯,坐到了餐桌旁,开始翻阅帕洛玛的宝藏。

那是一些故事。精心标注了页码的白纸上,字迹工整地誊抄了几十篇故事。故事晦涩艰深,奥利维和尼娜并不能完全读懂其中内容,但他们能感觉到语言的优美、文字的精妙,以及一股睿智幽默的气息。没错,这是他们的帕洛玛,如今他们已经无比熟悉的帕洛玛。

在梦中，奥利维曾目睹帕洛玛伏案写作，现在他总算明白过来，那时候的帕洛玛并不是在做笔记，而是在创作。帕洛玛曾短暂地向他展示过那页纸，但他当时并没有猜出她的意图。在椴树庄园度过的一年半里，终于获得自由的帕洛玛，就像个疯子似的奋笔疾书，因为她知道，"囚禁"结束之时，她的自由也将走到尽头。她很清楚，她的余生可能不会再有提笔写作的机会了。

或许帕洛玛曾经幻想过，有朝一日能够重归此处，寻回她埋藏的手稿。尼娜和奥利维不无悲伤地想道，帕洛玛一定有过这样的打算，只是没想到会迎来那样的结局。

"太可惜了。"奥利维难过地说。

尼娜点了点头。

"这就是为什么她会说，她把灵魂放在了'快乐之匣'里。"尼娜说，"因为那把钥匙。那把钥匙能够打开她最珍贵的宝藏。"

门厅的钟敲响了七下。

"已经这个点了？"

"我妈妈应该起床了。"奥利维不安地说。突然，一个念头闪过他的脑海。"嗨！我知道该怎么做了！她肯定有法子！没有人比她更适合保管这些手稿了！"他喊道。

现在，大人终于可以登场，参与到他们的故事里来了。尼娜接受了奥利维的提议。这是眼下最好的办法。

奥利维的妈妈正睡眼惺忪地准备着清晨的第一杯咖啡。当度假屋的大门猛地打开，两个穿着睡衣、浑身是泥的小"怪物"冲进她漂亮的客厅时，她被吓坏了。她发出一声刺耳的尖叫，当她认出其中的一个小"怪物"是她的儿子奥利维时，又发出了一声尖叫，不过这一回不是因为恐惧，而是出于愤怒。

"妈妈，我可以解释。"奥利维连忙说。

"你最好如此！"

"对了，她是尼娜。"

另一个浑身是泥的小"怪物"朝她挥手微笑，黑乎乎的小脸上露出了雪白的牙齿。

"很高兴认识你。"奥利维的妈妈说。她随即转向了奥利维，咆哮道："现在能告诉我了吗，为什么你会在外面溜达，弄得这么脏，而我却以为你正躺在干净的床上乖乖地睡觉？！"

她呻吟了一声，像是想起了另一件重要的事。

"而且是在半夜！"她补上一句，靠在门边，以免自己晕倒。就在这时，咖啡壶叫了起来，她不得不跑去关火。很快，她重新回到了他们身边，手里端着咖啡杯。

"好了。现在你可以开始解释了。等会儿，让我先坐下。"

她跌坐在沙发上，而奥利维则信心满满地讲起了他们的故事。他有意略过了那些会被妈妈认定为不可能的事，要知道，他们的经历本身就已经足够离奇了。刚开始的时候，妈妈脸上带着疑惑，渐渐地，她越听越入迷——奥利维能够清楚地感觉到，她的作家雷达已经启动，开始运转起来——等到奥利维沉默下来，她只抛出了一个问题："你们是怎么找到那儿的，那个埋着盒子的地方？"

"因为一个突如其来的灵感。"尼娜无比严肃地回答。

"噢。"

妈妈无言以对，她不得不接受这个说法。

"你能看看这些故事吗？"奥利维哀求道。

"现在？"

"是啊，求你了。"

"求您了！"尼娜也跟着说。

妈妈不耐烦地挥挥手，像是在驱赶着苍蝇。

"好吧，好吧，只要你们闭上嘴，别再烦我就行。真不敢相信，我居然会掺和这些荒唐事。至于你，奥利维，别以为这样就万事大吉了，之后我会慢慢跟你算账。"

奥利维喜笑颜开，把稿纸递给了她。妈妈一边嘟囔着，一边找她的眼镜。之后她重新坐回沙发，开始阅读起来。尼娜回了自己的家，去面对她的"狂风暴雨"了。

奥利维躺在沙发对面的扶手椅上，沉入了梦乡。他依旧和刚进门时一样，满身泥污，不过此刻妈妈正忙着别的事呢，根本没空注意他。等他睁开双眼，已经快十一点了，而妈妈依旧在埋头阅读。奥利维不敢打扰她，他蹑手蹑脚地走向浴室，去洗了个热水澡。

洗漱完毕，奥利维回到客厅，发现妈妈正在厨房里一脸兴奋地来回踱步。妈妈的视线落到他身上，冲他露出了一个心不在焉的微笑。

"怎么样？"

永不结束的 夏天
I GIARDINI DEGLI ALTRI

"真是棒极了,奥利维。棒极了!当然,有许多地方还很稚嫩,不过这也不难理解,毕竟你说过,作者是个小女孩。这些稿子必须好好地打磨一下。但这绝对是天才之作,我们绝不能让它们就那么烂在盒子里!那简直是暴殄天物!"

奥利维见证了神奇的一幕:他的妈妈正变身为雷欧波尔迪涅·内梅,那位经常出现在采访中的文学学者和作家。奥利维咧嘴笑了。妈妈重新戴上眼镜,神色严肃:"一会儿我得给我的编辑打电话,我们绝对不能错过这么棒的作品。而且作者的身世还那么离奇!再加上那些奇怪的谜语和地下宝藏……不,等等,还没到午饭时间呢,我现在就去给他打电话!"

妈妈跑着上了楼。她换上了那副威严果断的作家口吻,和什么人讲起了电话。奥利维在一旁听着,高兴得几乎要跳起舞来。就在这时,门被敲响了。是尼娜,和奥利维一样,她也换上了一身干净的衣裳。

门还没有完全打开,尼娜就已经迫不及待地问道:"喂,她说什么了?说什么了?"

奥利维把事情的经过原原本本地告诉了她。尼娜瞪大眼睛,瞳孔中的碧色变得更深了。

"意思是,他们会出版那些故事?"

"我觉得很有可能。我妈妈又变得疯疯癫癫了,这说明帕洛玛写的故事确实很棒。"

尼娜一把抱住了他的脖子。

"噢,奥利维,这真是太棒了!我的心都快飞起来了!"

这天下午,尼娜和奥利维回到了久违的水渠。他们躺在水渠旁的草地上,望着头顶的天空。两人都疲惫不堪,内心却欢欣雀跃,快活不已。尼娜说,奥利维是她最好的朋友,她让奥利维保证,就算他之后回到城里,他们也要保持联系。不过现在说这些还为时过早……八月才刚刚开始,留给他们的时间还有很多……流水潺潺,鸟声啾啾,枝叶簌簌,芦苇沙沙,所有的一切似乎都在欢快地歌唱,因为生活是如此美好。

妈妈说得对:每一个故事,都是一场回归。帕洛玛最终战胜了命运,迎来了新生。她拨开了时代的浓雾,走出了痛苦的泥沼,她蛰伏已久的才华终于展露在了阳光之下。她成了他们的故事,她的故事也成了他们的一部分,他们将带着它继续向前,拥抱新

的可能。

几天后,尼娜和奥利维像往常一样前往椴树庄园,去探望玛戈王后。他们惊讶地发现,已经有人比他们先一步抵达了庄园。那个神秘人并不是园丁,而是查巴纳先生回来了。

查巴纳先生为他们开了门。只从外表上看,根本猜不出他的年龄。他蓄着短短的白色胡须,面色红润,脸上布满皱纹。他有一双含笑的蓝色眼睛和一双宽大温暖的手。他身上的一切都令人心生尊敬。

"你好啊,小尼娜。"查巴纳先生说。他的声音温和有力。

"您好,查巴纳先生。"尼娜怯生生地回答。

查巴纳先生请他们进了门。玛戈王后坐在窗台上,活像一尊斯芬克斯狮身人面像。客厅里摆着一个盒子,那是小猫的窝。小猫已经八天大了,正在慢慢睁开眼睛。

"这可真是个惊喜。"查巴纳先生温柔地说,"看得出来,我不在的这段时间,玛戈王后相当忙碌。"

"您确实离开了好久。"尼娜说。

"是啊……而你也抓住时机,做了你该做的事,对不对?"查巴纳先生说。他的目光饱含深意。

尼娜一时语塞,不知道该怎么回答这个问题。

"嗯……当然。"

"还有你,"他转向奥利维,又补上来一句,"你也帮了不少忙吧?"

"是的。"奥利维回答,一时弄不清他指的究竟是什么。是说他和尼娜一起照顾玛戈王后,还是在暗示一些更特别的事?不,这不可能……查巴纳先生可什么都不知道。不是吗?

"要不要喝点茶?我有一些很棒的甜甜圈,上面涂了手指头那么厚的黄油!"

没等他们回答,查巴纳先生就已经走进了厨房。尼娜和奥利维心神不宁地坐到了沙发上,他们身边是装着小猫的盒子。几分钟后,查巴纳先生回来了,他手里端着托盘。托盘上摆着一个瓷茶壶、一个糖罐、一小壶热牛奶和三个杯子。除此之外,还有一碟裹着黄油、撒满白糖——那种嚼起来咔咔作响的粗砂糖——看起来相当诱人的甜甜圈。

"太感谢您了！"尼娜和奥利维叫道，他们立刻扑了上去。

"我发现我的钟又开始走起来了。"查巴纳先生端着杯子说道，他调皮地望着他们，"看来我不在的时候，真的发生了很多事啊。"

尼娜和奥利维根本不知道该如何回答，他们只能埋着头，继续和食物奋战。他们喝光了茶，肚子也被甜甜圈塞得满满当当。郑重地向查巴纳先生表示了感谢后，他们走向了庄园的大门。

"我们还能回来看望小猫吗？"尼娜担忧地问道。

"当然，随时都可以。对了，小尼娜，如果你父母同意的话，再过一两个月，我可以送一只小猫给你。还有这位小朋友，你也一样。你们想要玛戈王后的小猫崽吗？"

"噢，当然了！"

就像是知道他们在谈论它似的，玛戈王后走了过来，它蹭着主人的裤腿，喵喵地撒着娇。查巴纳先生弯下腰，摸了摸它。玛戈王后眯起眼睛，仿佛这是对它最大的褒奖。它一定相当开心，因为它的主人回来了。

"还有，"查巴纳先生补充道，他的脸上又露出了那种莫测高深的表情,"你们也可以去珍奇馆里玩。那儿有不少好东西,不是吗?如果我没记错的话,甚至还有一台幻灯机。"

尼娜和奥利维惊讶地对望了一眼。

"只要你们愿意,还可以去花园。别担心园丁,他只是个脾气暴躁的老家伙而已,人并不坏。你们随时都可以去玩。那个花园很特别,是不是?"

"当然。"

"再见,孩子们。"

查巴纳先生最后朝他们眨了眨眼,关上了门。

尼娜和奥利维呆呆地站在紧闭的大门前,惊愕不已。最终,奥利维回过了神儿来,他压低了声音问道:"是我的错觉吗,他怎么好像什么都知道?"

尼娜耸了耸肩。

"太荒唐了!这怎么可能?"

"谁又说得准呢?他看起来那么神秘。"

他们迈开步子,踏上了回家的路。尼娜在一阵思索后开了口。

永不结束的夏天
I GIARDINI DEGLI ALTRI

"我们还会回来的,对吧?就算帕洛玛不会再出现。"

"当然!"

"要去溪边游泳吗?"

"最后到的那个人是笨蛋!"

他们撒腿奔跑起来,穿过洒满阳光的花园。夏日悠长,无尽的未来正在等待着他们。